光文社文庫

珠玉の歴史小説選

鎌倉殿争乱

菊池　仁編

光　文　社

目次

■鎌倉幕府年表

西暦	元号	天皇	将軍	できごと
1185	文治	後鳥羽		源義経、壇ノ浦にて平氏軍勢を壊滅
1189	文治	後鳥羽		源義経、奥州藤原氏に襲撃され、自害 奥州藤原氏滅びる
1192	建久	後鳥羽	源頼朝	源頼朝、征夷大将軍に任じられる
1193	建久	後鳥羽	源頼朝	曾我兄弟、敵討ち
1200	正治	土御門	源頼朝	梶原景時、討たれる
1202	建仁	土御門	源頼家	源頼家、征夷大将軍に任じられる
1203	建仁	土御門	源頼家	五月、阿野全成、謀叛の咎で捕らえられ宇都宮氏に預けられるが、翌月、下野国において八田知家により誅殺さる 比企能員、北条時政の名越邸にて刺殺される。頼朝の孫である一幡も亡くなる 源実朝、征夷大将軍に任じられる
1205	元久	土御門	源実朝	北条義時、執権となる。藤原定家ら、「新古今和歌集」を撰進
1213	建保	順徳	源実朝	和田義盛挙兵（和田合戦）
1219	承久	順徳	源実朝	源実朝、甥の公暁に殺害される
1221	承久	仲恭		後鳥羽上皇、北条義時追討の宣旨を下す
1225	嘉禄	後堀河		幕府、評定衆を置き、鎌倉番役の制を定める
1226	嘉禄	後堀河	藤原頼経	藤原頼経が征夷大将軍に補任される
1232	貞永	後堀河	藤原頼経	北条泰時、御成敗式目五十一条を制定（貞永式目）
1247	宝治	後深草	藤原頼嗣	北条時頼、三浦泰村・光村らを滅ぼす（宝治合戦）

1249	建長	後深草	藤原頼嗣	幕府、引付頭人・引付衆を任じて引付を新設
1252	建長	後深草	宗尊親王	宗尊親王、十一歳のときに鎌倉へ。将軍宣下を受ける
1266	文永	亀山	惟康親王	惟康親王、三歳で将軍宣下を受けて征夷大将軍となる
1274	文永	後宇多	惟康親王	文永の役（蒙古襲来）
1281	弘安	後宇多	惟康親王	弘安の役（蒙古襲来）
1285	弘安	後宇多	惟康親王	平頼綱、安達泰盛らを滅ぼす（霜月騒動）
1317	文保	花園	守邦親王	幕府、持明院・大覚寺両統による践祚・立太子を提案
1333	元弘	後醍醐・光厳	守邦親王	新田義貞、鎌倉を攻撃、幕府滅亡。北条氏滅びる
1334	建武	後醍醐		建武の新政
1336	建武	光明		足利尊氏、「建武式目」を制定
1338	暦応	光明	足利尊氏	北朝、足利尊氏を征夷大将軍とする

鎌倉幕府の仕組み

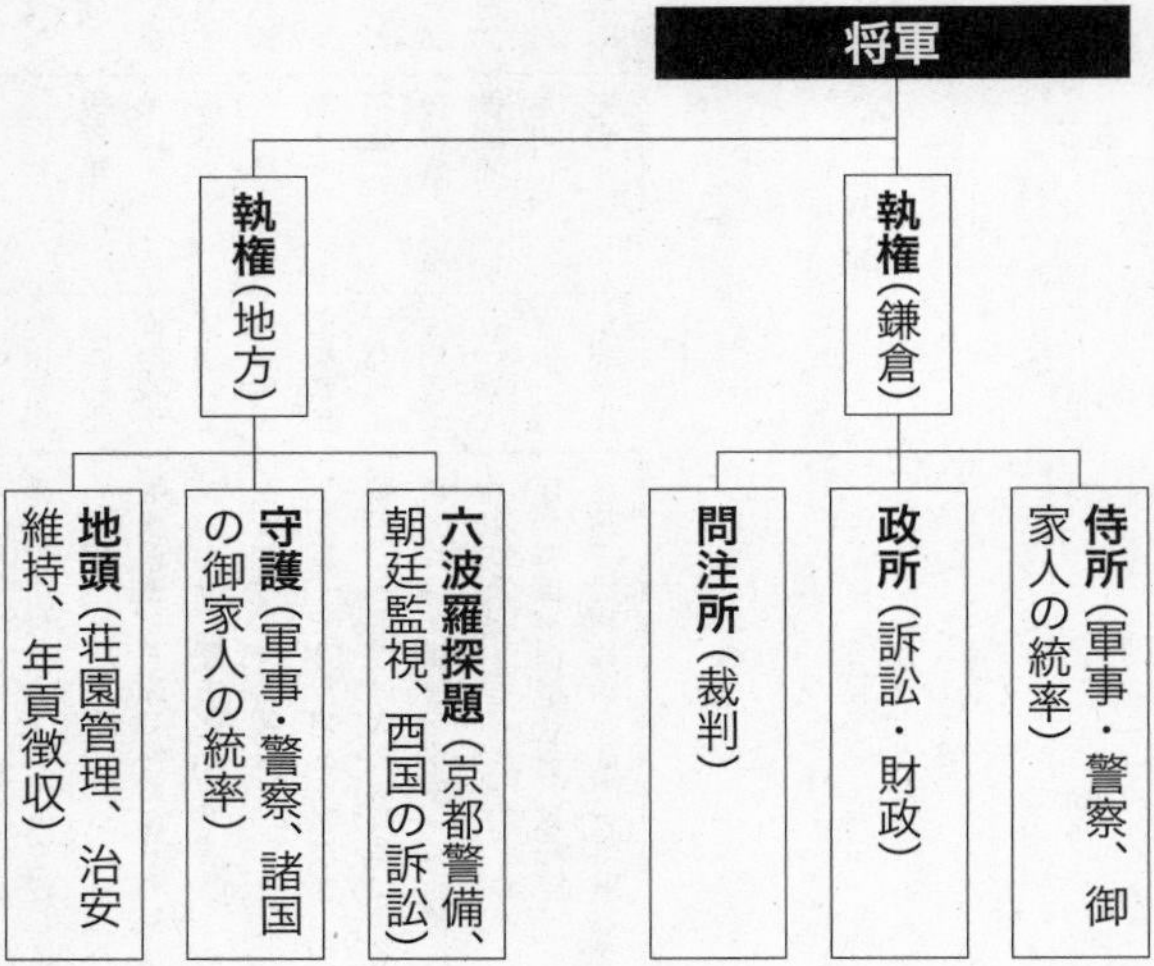

※幕府初期

源氏・天皇関係図

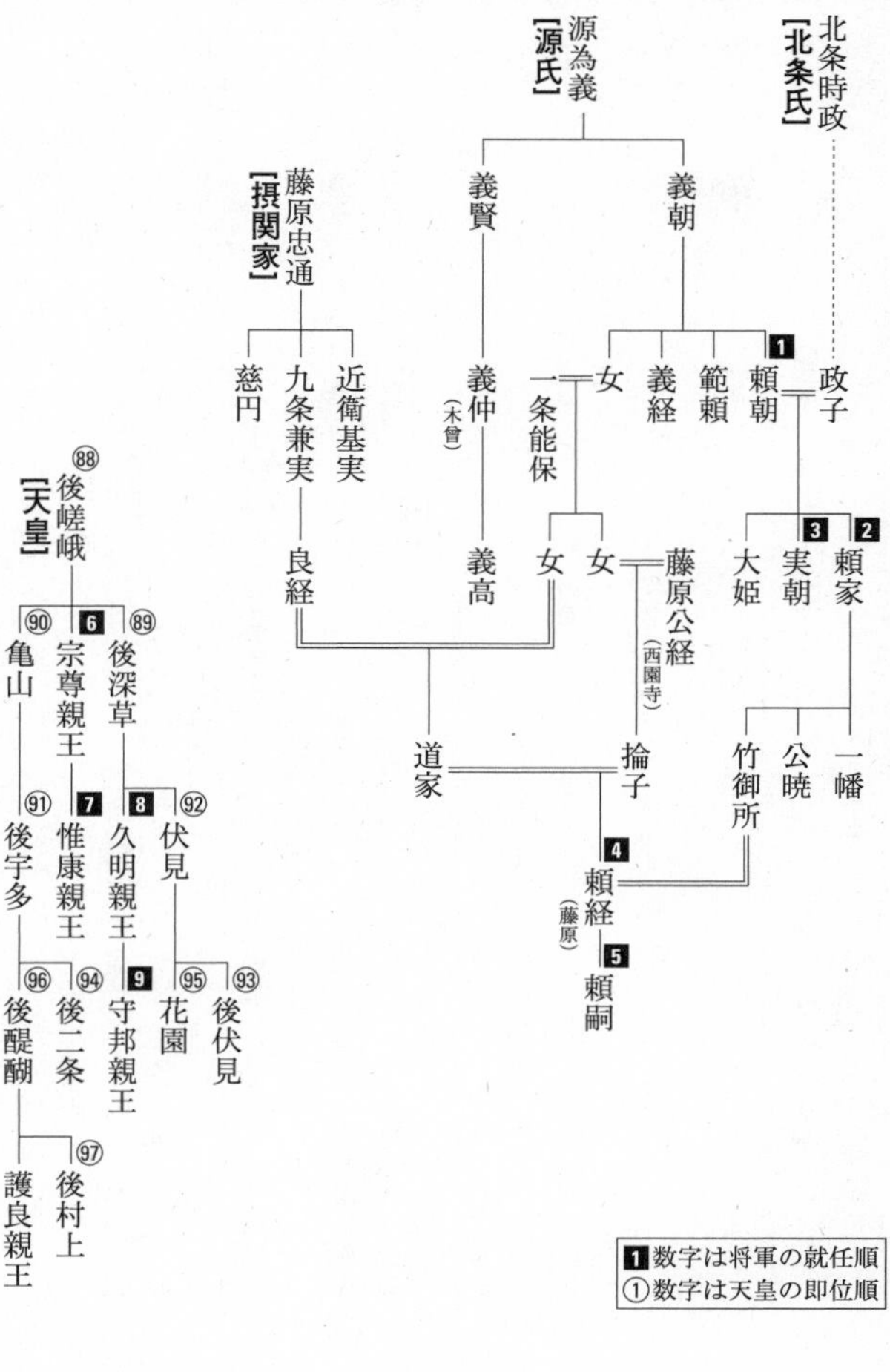
北条時政
【北条氏】
源為義
【源氏】
義朝
義賢
藤原忠通
【摂関家】
1 頼朝
政子
範頼
義経
女
一条能保
義仲（木曾）
近衛基実
九条兼実
慈円
2 頼家
3 実朝
大姫
藤原公経（西園寺）
女
女
義高
良経
一幡
公暁
竹御所
掄子
道家
4 頼経（藤原）
5 頼嗣
88 後嵯峨
【天皇】
89 後深草
6 宗尊親王
90 亀山
92 伏見
8 久明親王
7 惟康親王
91 後宇多
93 後伏見
95 花園
9 守邦親王
94 後二条
96 後醍醐
97 後村上
護良親王
1 数字は将軍の就任順
① 数字は天皇の即位順

源氏・藤原氏系図

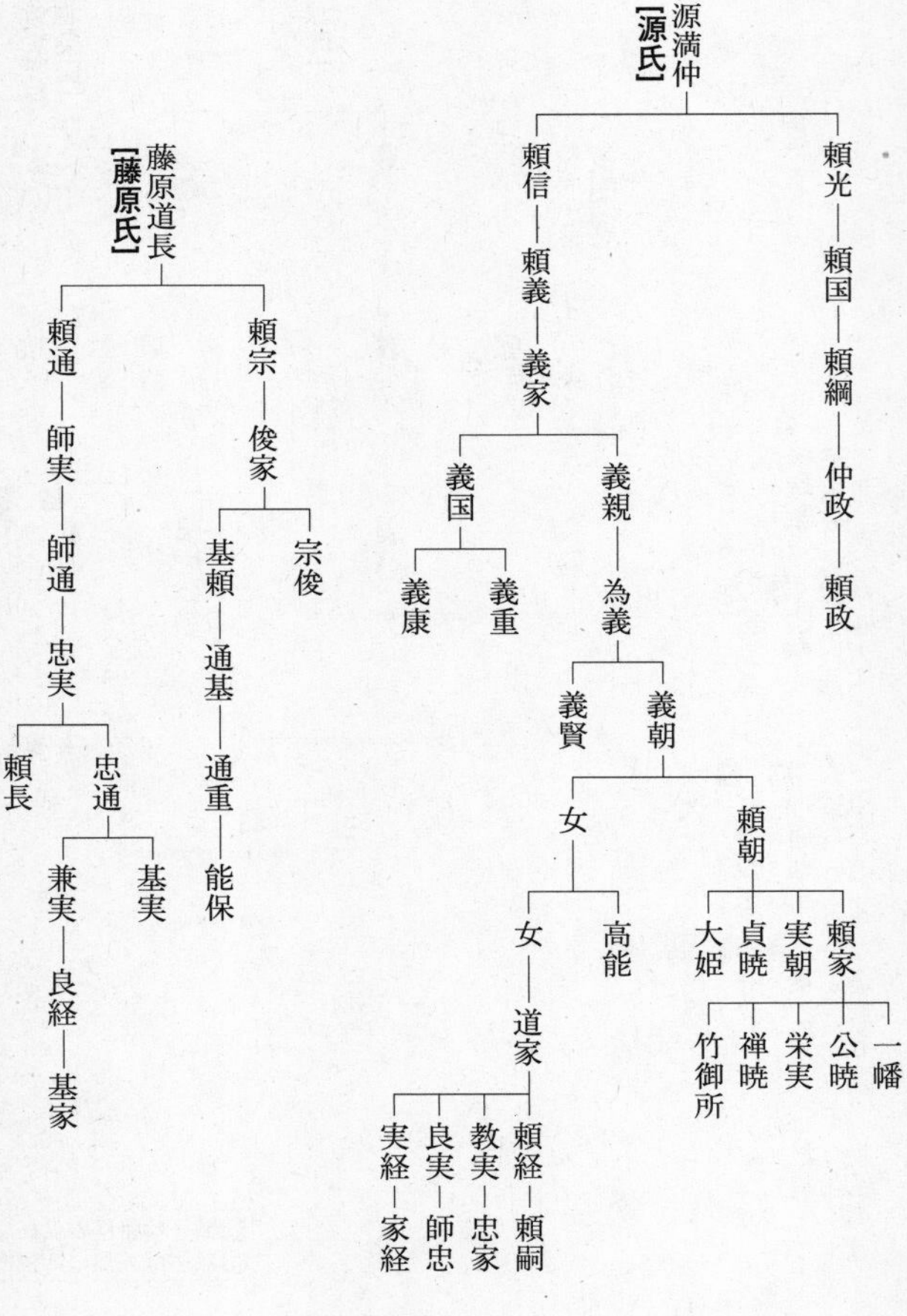
【源氏】
源満仲
頼光
頼国
頼綱
仲政
頼政
頼信
頼義
義家
義親
為義
義朝
頼朝
頼家
一幡
公暁
栄実
禅暁
竹御所
実朝
貞暁
大姫
女
高能
女
道家
頼経
頼嗣
教実
忠家
良実
師忠
実経
家経
義賢
義国
義重
義康
【藤原氏】
藤原道長
頼宗
俊家
宗俊
基頼
通基
通重
能保
頼通
師実
師通
忠実
忠通
基実
兼実
良経
基家
頼長

北条氏系図

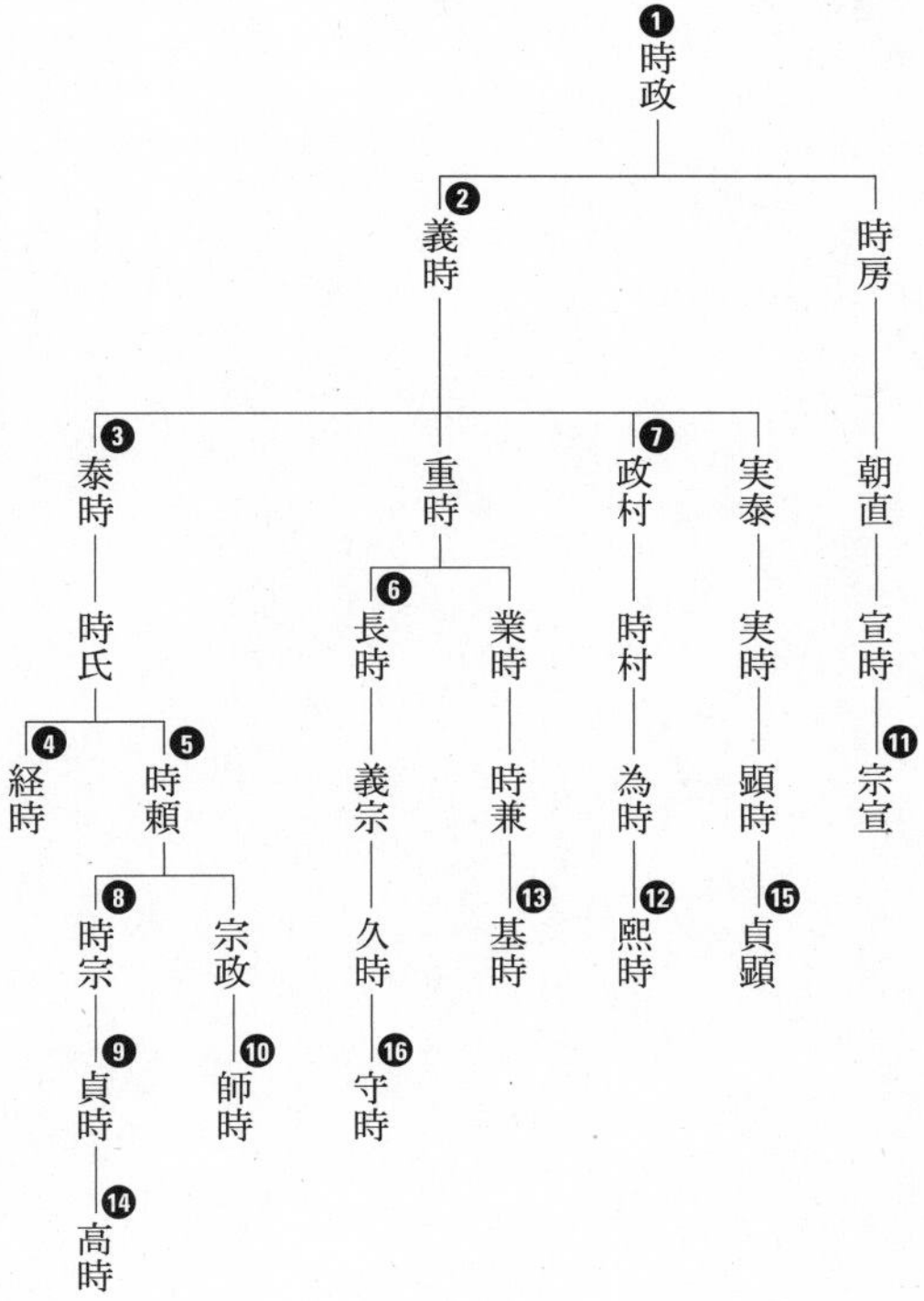

❶数字は執権の就任順

珠玉の歴史小説傑作選

鎌倉殿争乱

非命に斃る

高橋直樹

著者プロフィール　たかはし・なおき◎一九六〇年、東京都生まれ。九二年、「尼子悲話」で第七二回オール讀物新人賞を受賞。九七年、『鎌倉擾乱』で第五回中山義秀文学賞を受賞するなど、本格的な歴史小説作家として活躍。おもな著書に『日輪を狙う者』『平将門――射止めよ、武者の天下』『湖賊の風』『異形武夫』『山中鹿之介』『裏返しお日那博徒』『大友二階崩れ』『天皇の刺客』などがある。

一

寿永《じゅえい》元年（一一八二）八月十二日、武家の新都、鎌倉《かまくら》は大きな喜びに包まれていた。武家の棟梁《とうりょう》、源《みなもとの》頼朝《よりとも》に待望の嫡男が誕生したのである。全鎌倉の御家人《ごけにん》に歓呼の声で迎えられたこの子の未来は、当然栄華に包まれたものとなるはずであった。この子の運命を襲った出来事は、この子が自らの不徳によって招いたのか、それとも歴史の必然による不可抗力であったのか。答えを出す資格のある者はひとりもいない。

建久《けんきゅう》十年一月十三日、前《さきの》征夷大将軍源頼朝はこの世を去った。このとき寿永元年に生まれたこの子はすでに十八歳、元服して頼家《よりいえ》と名を改めていた。

この子の父、頼朝の偉業はいまさら言うまでもない。初めて武士の世をつくった。かつて坂東《ばんどう》の武士たちは「東夷《あずまえびす》」と蔑《さげす》まれるだけの地位にあった。武技を磨き新田の開発にいそしみ、東国の基盤を支えてきたのは坂東武士たちであった。しかし彼らは仲間同士で目先の寸土を争うほどの裁量しか持たぬ者が多く、都の貴族たちの頤使《いし》に甘んじてきた。その坂東武士たちをひとつにまとめ大きな力に結集していったのが頼朝なのだ。頼朝は源氏の嫡流の出である。坂東武士たちにとって、それは仰ぎ見るような尊い血であり、そして頼朝は貴種というにふさわしい男であった。背丈こそ長《た》りなかったが、品位のある整った顔立ちは、見る者を畏怖せしむる威厳を常に感じさせた。少し冷たい印象だが、それが余計に武士たちの畏敬を集めたようである。根が単純な多くの坂東武士たちにとって、この頼朝の威厳は大きな効果を生み、統率の武器となった。

頼朝は政治力においてもひとり卓越していた。その導きにより、ついに「東夷」たちは武士の世にたどり着き、貴族たちの支配から解放された。己れの骨身より愛《いとお》しい所領を格段に増やすことができた坂東武士たちは、頼朝を神とも仰いだ。そして頼朝と直接主従関係を結ぶ「御家人」になることを何よりの名誉とした。頼朝が晩年、側近官僚を重視し独裁色を強めたとき、旗揚げ以来の御家人たちは頼朝に不満を持ったが、敢えてそれを口に出す者はなかった。

武士の世は頼朝の手によって誕生したのだ。頼朝以前は彼らが人がましく住める場所はこの世の何処にもなかった。ゆえに武士たちは頼朝の治世を規範としてこれに従い、背くことを禁忌とした。そうせねば安心できなかった。しかし武士の世を一人で支えてきた頼朝はこの世を去り、彼の血をもっとも濃く受けた嫡男頼家が跡を嗣いだ。頼家が家督を継いで二代目となったとき、頼家と鎌倉の武士たちは新たな局面を迎えた。

頼朝のいない鎌倉で、頼家も武士たちもそれぞれに未知の闇夜を手探りのまま走り出さねばならなかったのである。

二

建久十年の春まだ浅いある日、新将軍頼家は幕府政所《まんどころ》に威勢の良い近習たちを従えて現われた。二人の年配の男が待ちかねたようにこれを迎え、中へ招じ入れた。二人は先代頼朝のとき左右の両輪としてその政務をたすけた大江広元《おおえひろもと》と三善善信《みよしぜんしん》である。二人は最も優秀な頼朝の側近吏僚《りりよう》であった。両名は所領安堵《あんど》の代償として軍事奉仕をつとめる御家人とは異なり、源家に直接仕え、家政を取りしきり、家を内側から支える役目を持っていた。大江広元は政所を所掌し三善善信は問注所《もんちゆうじよ》を所掌したが、二人は先代のころより機に応じた連携によって職務に当っていた。広元は頼家の後からかしましく従う若者たちを眼で叱り、頼家ひとりを中に入れた。広元に近習たちを追われ、頼家はむっつりと黙り込んだ。そして自分の円座の横に山と積まれてある訴状を見て露骨にいやな顔をした。

「わしは政務を嫌っておるわけではない」

頼家は円座にすわると、左右から迫るように控えた二人に言った。

「そちたちのやり様はあまりにまわりくどく時間の無駄かと思うゆえ言うのじゃ。いま少し新しき事を考えてみよ」

頼家は不機嫌に口を尖らせたが、善信は知らぬ顔で言った。

「御所、幕下《ばつか》（頼朝）のご治世をなんと心得られる。幕下のご治世を見倣《みなら》わずして武家棟梁のつとめがなりましょうや」

頼家はむっとしたように口をむすんだ。同じ口上をくりかえす善信への反発が顕《あら》われていた。黙り込んだ頼家に、広元がとりなすように言った。

「われらはなにも御所に自らのお考えによる裁断をやめよと申しておるわけではございませぬ。ただ偉業を達せられた幕下に学ぶことの大切さを、幕下の側近く仕えた者として忘れてはならぬと、自ら戒めているゆえに申し上げるのでございます」

頼家は分別くさい広元の顔を見やり、少し意地悪く言った。

「幕下は予の父じゃ。予はこの世で最も幕下の血を濃く受けて生まれておる」

頼家の言葉に広元は急所を突かれたように口ごもり面を伏せた。頼家はきまり悪げな広元にちらと目をくれ訴状に眼を通しはじめた。ややあって頼家が急に訴状から顔を上げた。頼家は一枚の訴状を問注所を所掌する三善善信の前に置いた。

「この件まだ片付いておらぬのか」

頼家は呆れたように言った。善信は頼家に示された訴状をのぞき込むように見たが、すぐ合点してうなずいた。

「この者はなかなかうるそうございましてな。こじれてはいけませぬゆえ、いま問注所で慎重に審理しております」

善信がそう答えると、頼家は不快げな顔をした。

「奇態なことを申すものじゃ。この件、提出の書状証文らを引き比べれば、この者に非があること分明ではないか。かような審理に問注所が無駄な時間を費やすとは、ご先代旧例もあったものではないぞ」

腹立たしげな表情の頼家に、善信はややためらうように小さな声で答えた。

「されどこの者は治承《じしょう》の旗揚げ以来、変らぬ忠勤を奉っておる者にございますれば――」

善信がここまで言いかけると、頼家はたまりかねたようにこれをさえぎった。

「また治承の旗揚げ以来か」

頼家は二人の顔を交互に睨《にら》んだ。

「治承の旗揚げ以来の者たちが大切であることは予も承知じゃ。なれどその者たちは、みな幕下よりそれぞれ働きにふさわしい恩賞を賜わっておるはずであろう。幕下のご恩を蒙《こうむ》りながら、なお理屈の通らぬ訴状を持ち込んでわれらの手を煩わすとは、弓矢取る者として恥ずかしい不忠者とは思わぬか」

頼家の非難に、広元と善信はしばし顔を見合わせた。ややあって広元が押さえた声で口を切った。

「御所よ、道理はまさしく御所がいま仰せになられた通りにございます。なれど政事の中には道理で割り切れぬ所がずいぶん多うございます。御所にぜひ知っていただきたいのは、幕下（頼朝）も決してお血筋とご器量のみで武家の棟梁になられたのではないということでございます。幕下は他の誰よりも人の心というものをご存じであられました。御所もご承知のことと存じますが、幕下はご若年のころ父君大僕卿《たいぼくきよう》様（義朝《よしとも》）を家人の裏切りによってなくされ、幾多の苦難を味わってこられました。その辛苦が幕下を育てたのです。畏《おそ》れながら御所はご幼少よりこの方、幕下のごときお苦しみは何ひとつ味わわれたことはないはず。ゆえに人の心というものがおわかりになっておられませぬ。武家の棟梁のつとめとは、武技を磨くことよりも学問を学ぶことよりも、まず御家人たちの心を知ることにあります。理屈の通らぬ訴状を提出する者に対しては、なぜさような行為に及んだのかを察せられねば棟梁にふさわしい裁きもできませぬ。御所はお若くともこの鎌倉の棟梁。御家人たちはみな御所に幕下のごときご裁量を望んでおりますぞ。その点をようお考えに入れてわれらの申す事をお聞き下され」

広元は話し終えると重々しく一礼した。善信が頼家の膝下に置かれた件《くだん》の訴状を取り上げて言った。

「この件につきましては明後日に問注所の審理を終え、その後に御所の直裁をいただきます。訴人の武士も参りますので棟梁にふさわしいお裁きをいただけますよう」

それからしばらくの後、件の訴状に対する裁決が行なわれた。訴人の武士は下座に控え、主座の左右に大江広元と三善善信が並んだ。やがて頼家の側近が入御を告げ、一同平伏するなか、頼家が主座についた。御簾《みす》が巻かれ、訴人である武士の姿が頼家の眼に入った。急に頼家の表情が不快げにゆがんだ。武士に非礼があったわけではない。

――ひどい金壺眼《かなつぼまなこ》じゃ

頼家は武士の顔に強い嫌悪感を覚えた。眼窩《がんか》の奥深くに陥没したまるい眼は、いたちのように光り酷い印象を人に与えた。癇癖が強い頼家はこの武士が漂わせるけものじみた賤しさに我慢がならなかった。理屈の通らぬ訴状を持ち込んだことに対する怒りが再び涌《わ》き上り、頼家はその金壺眼の奥に将軍に拝謁した喜びが宿っていることに気づかなかった。

「そちの訴え、誠に不届きじゃ」

頼家は前触れもなく怒鳴りつけた。武士が驚いたように眼を見瞠《みひら》いた。広元と善信があわてたように腰を浮かし、頼家と武士の双方をうかがった。頼家も最初から怒鳴りつけるつもりではなかった。諄々《じゅんじゅん》と説き、最後に非法を戒めるつもりであったが、口の方が先にすべり出してしまった。頼家は、この武士がある寺の領家職を持つ郷に濫妨を働き、所領を押領した件について、容赦なく叱りつけた。押領した上に領家の方を泥棒呼ばわりにするなど弓矢取る者の風上にもおけぬ、と怒鳴った。怒鳴るうちにますます感情が激していき、とうとう「うぬは御家人より召し放ちじゃ」とわめいた。

さすがに頼家も言い過ぎたと感じたが、自分にここまでの不快感を与えた者に思い知らせねば気がすまなかった。憐憫は一切不要と思った。

頼家は一方的にまくしたてると、呆然とする武士を置いて即座に退出してしまった。武士はしばしその場で魂が抜けたようにすわり込んでいたが、やがてその金壺眼からぽろぽろと涙をこぼしはじめた。武士の様子を見かねた広元と善信が慰めの言葉をかけたが、武士はまったく耳に入らぬ様子で、ついに大きな声をあげて泣きはじめた。広元と善信は深い溜息をつき、苦り切った顔を互いに見合わせた。突然武士の泣き声が止んだ。と同時に武士の体が野獣のように跳ね、広元と善信の前を塞ぐように手をついた。二人は驚き、ぎょっとして腰を引いた。

「お願いにござる」

武士の生暖かい息吹が二人の頬を撫でた。

「なにとぞいま一度のおとりなしを」

金壺眼が狂気じみて光った。

「まぁ落ち着け」

広元が困惑したように言う。頼家の性格を考えれば、今一度取りつぐことの結果は火を見るよりあきらかである。難しい顔になって広元は考え込んだ。横合いから善信が言った。

「この際、尼御台《あまみだい》様におすがりしてみてはいかがにござろう」

「うむ」

広元は善信の顔を見てうなずいた。

「それより方法はあるまい。このまま放っておいては訴人の一分《いちぶん》も立つまい」

広元はそう言って、横で異様な眼つきをしている武士をちらと見やった。

広元と善信は、この武士の件を尼御台所へまわした。

御家人たちに「尼御台」と敬称される北条政子《ほうじようまさこ》は、故頼朝の正夫人であり、頼家の生母である。

政子の威権は頼朝の死後、急速に高まった。これは政子が特別な政治力をふるったからではない。頼朝なき後、御家人たちの精神的支柱になり得たのは政子だけであったからだ。治承の旗揚げ以来、常に頼朝の側にあり、苦労をともにしてきた政子は、嫡男の頼家よりも頼朝に近い存在として感じられた。このため政子は、おのずと幕府内に特別な地位を占めるようになったのだ。

頼家の叱責を受けた件の武士は、広元と善信の計らいで尼御台所に参上した。

武士が御座所に進み出て平伏すると、尼御台政子の隣に二人の男が同席していた。

政子は勝気そうな眼で武士を見やり、同席者を紹介した。

「北条の四郎時政《しろうときまさ》殿と小四郎義時《こしろうよしとき》殿じゃ。大夫属《だいぶのさかん》殿（三善善信）からそちの話を聞き、ちょうど良いと思うて同席してもろうた」

「これはこれは」

同席者の名を聞いた武士はあわてて二人に会釈をした。尼御台政子は、ここにいる北条四郎時政の長女として生まれ、小四郎義時とは姉弟である。

「おおよそは大夫属殿から聞いていますが、いま一度詳細を聞かせてくれるように」

政子のよく通る声にうながされ、武士は頼家との経緯を語った。

――わしは何も押領の事実を認めぬわけではございませぬ。ただあの領家の雑《ざっ》掌《しょう》が、あのクソ坊主が、地頭《じとう》であるわしに正当な取り分をよこそうとしないので、腹を立ててあのクソ坊主どもを追い出してやったのでございます。するとあのクソ坊主どもはわしを泥棒呼ばわりにして訴え出ました。わしは泥棒呼ばわりされては弓矢取りの沽券《こけん》にかかわると思い、逆にクソ坊主どもを泥棒呼ばわりにして訴えてやったのでございます。

武士は話し終えるとまじめな顔をして政子を見た。政子はこらえ切れなかったのか、袖で口をおおい小さく忍び笑った。武士はきまり悪げにうつむいたが、邪気のない政子の笑いに悪い感じはしなかった。政子は赧《あか》くなっている武士を見てあわてたように笑みを引っ込めると、父親に対して言った。

「時政殿、いかがしたらよろしゅうございましょうな」

時政は太った軀《からだ》を揺すり、白髪まじりの鬢毛《びんもう》をかき上げながら少し思案したすえ、隣にすわる小四郎義時に小声で言った。

「ここは五郎《ごろう》に働いてもらうよりあるまい」

義時は、そっけない顔で父の塩辛声を聞いていたが「五郎には私から話しておきます」と答えた。

「それは良い」

政子は、常に反応の鈍い弟の分まで声を弾ませて言った。

五郎時連《ときつら》は時政の三男で、政子、義時の実弟であるが、北条一門でただ一人頼家の近習としてその側近く仕えている。如才がなく立居振舞の清々しい五郎時連は、頼家お気に入りの一人だ。

「そちの面目、わしと小四郎がしかと引き受けた。ご安心召されよ」

頼もしげな時政の言葉に、武士はかしこまって頭を下げた。

政子が武士の方に向き直る。

「御所は未だ若輩ゆえ、なにごとも幕下と同じというわけにはまいらぬが、このたびのことで御所に遺恨を含むことのないよう尼は願っております。今後とも御所のことを頼みますぞ」

武士は尼御台直々の言葉を賜わり、手をついて平伏した。

感激の面持ちで武士が下ろうとしたとき、義時がこれを呼びとめた。懐から控えめにあや絹の包みを取り出して、武士の手に軽く握らせる。

「些少ながらお受け取り願いたい」

武士は掌に砂金の重みを感じつつ眼を白黒とさせた。

「こ、このようなことまでしていただいては――」

武士はうろたえたように「お気持ちだけを頂戴つかまつります」と固辞した。

「小四郎の気持ちじゃ、受け取ってくだされ」

時政が大きな眼をぎょろりとさせた。

「こたびの訴訟はさぞ物入りにござったろう。われらはみな、ひとしく幕下の御恩を蒙った御家人同士じゃ。困ったときは相身互《あいみたが》い。己れの所領に執着を持たぬ者などあろうか。水くさい遠慮などしてくださるな」

武士の金壺眼に涙がにじんできた。

「こ、この御恩は生涯忘れませぬ。この後、わたくしめがお役に立つときがございましたら、いつでもお召しくださいませ。必ずや命を的のご奉公を申し上げるでありましょう」

武士が御前を退出し、後に親子三人のみが残ると、政子が嘆息してつぶやいた。

「御所はどうにも御家人たちのことがおわかりになっておられぬようじゃ。若過ぎるせいもあろうが、何より幕下（頼朝）のご逝去があまり急であったことが悼《いた》まれてならぬ。幕下はあの子に武家の棟梁のあり方についてろくに伝える間もなく逝ってしまわれた。ほんに幕下がいま少しこの世にあって訓育を施されておられれば、かように続けて面倒を起すこともなかったろうに」

政子がとりとめもなく言ったとき、時政がちらと義時の横顔を振り返った。

時政は政子に向き直った。

「それにしても尼御台。御所はどうしてああもご気性がきついのであろうか」

政子は弱く首を振った。

「じつはわたしもあの子のことはよくわからないのです。存知のとおり御所はお生まれになって以来ずっと比企廷尉《ひきていい》（能員《よしかず》）の館でお育ちになりました。わたしは実の母とは申せ、決められた日に短い時間お会いするだけ。それも多くの取り巻きたちが一緒で、わたしはあの子と二人きりで母子らしい話をしたこともないのですよ」

政子はそう言って表情を曇らせた。

時政は何度も大仰にうなずいていたが「じつはの、尼御台」と、その巨軀を揺すってすわり直した。

「これはわしだけの存念ではなく、小四郎や因幡前司《いなばのぜんじ》（大江広元）、大夫属らとよう話し合うて諮ったことなのじゃが」

いつの間にか時政の表情がきびしくなっていた。政子も父の様子につられて容儀を改めた。

「これからしばらくの間、御所の政務直裁を停止《ちようじ》してはいかがかと思うのじゃ」

政子が息を吞む。

「しばらくの間、政務はわれら宿老による合議制とし、御所にはその間武家の棟梁としての器を磨いていただくこととする……。これはここに居る小四郎や他の宿老たちすべての総意じゃ」

政子の顔が次第に険しくなってきた。確かに頼家の振舞には将軍としての自覚に欠ける所が見られるが、直裁権停止は征夷大将軍の権威そのものにかかわってくる。頼朝の威名を損なうことにもなりかねない。

時政は政子の危惧を読み取ったのか、急に表情をやわらげた。

「尼御台、われら御家人の中に幕下の遺命にそむこうとする者はひとりもおりませぬ。われらはみな幕下の偉業を末代まで守り抜く覚悟。なれど御所を今のままに措《お》いては、征夷大将軍の権威を汚しかねませぬぞ。われらが恐るるはその事のみじゃ。むろん合議制は期間を限ったかりそめの処置に過ぎぬ。預かった政務はおりを見て少しずつ御所へお返しし、御所が一人前になられたならば、幕下のなされたようにすべての政務を親裁していただくこととする。いかがじゃ」

政子は硬い表情で時政の話を聞いていたが、やがて重苦しい声で言った。

「合議制が宿老たちの総意であるなら仕方あるまい。御所にもその責任はあるのじゃ。なれどこのことを御所が伝え聞けば、激昂するだけではすみますまいぞ。鎌倉が割れるようなことにでもなれば、わたくしは浄土で幕下にお合わせする顔がありませぬ」

　このとき義時が初めて口を開いた。

「それゆえ、このたびの合議制については尼御台直々のお指図としていただきたいのです」

　義時は表情に乏しい瞳でじっと政子の顔を見た。

「わたしに何をせよというのじゃ」

　政子は頰に苦笑をにじませた。

「御所の直裁停止を、梶原平三《かじわらへいぞう》（景時《かげとき》）と比企廷尉の両名に対し、尼御台おん自らお命じになっていただきたい。梶原と比企がこの処置に従うならば、いかに御所がご不満でも勝手はなりますまい」

　義時はそう言うと「よろしゅうに」と頭を垂れた。

　政子は父や弟に何がしかの底意を感じたが、

「ようわかった。引き受けましょう。御所にはよい薬かもしれぬ。わたしもこの後は折あるごとに幕下の故例など伝え、御所の母としてのつとめを果たしたいと思います」

　と答えた。

政子の瞳が強い光を帯び、父と弟を交互に見すえた。

三

その日の早朝、西侍《にしざむらい》から寝殿へ通ずる廊下に荒々しい足音が響いた。血相を変えた頼家の背後に近習たちが続く。頼家の眼が廊下の中央に立つ一人の男をとらえた。その男を見留めると、ことさらに怒気をあらわし、押しのけて通り過ぎようとする。瞬間頼家は顔をしかめた。男が強く頼家の手首を握ったのである。

「平三！」

頼家はうなり、梶原平三景時の横顔を睨んだ。しかし景時は頼家の手首を離そうとはせず、引きずるように奥の一室へ押し込んだ。景時が蔀戸《しとみど》を閉じるや、頼家の方が先に口を切った。

「うぬはわしの後見であろう。わが父の恩を忘れたか！」

景時は黙って奥の円座をすすめた。

「宿老のうぬがこの件を事前に知らなんだはずはあるまい」

「いかにも存じておりました」

景時の落ち着き払った態度に、頼家は癇癪《かんしやく》を破裂させた。

「知っておってなぜそのまま黙過した。うぬは腰抜けじゃ！」

頼家は手の扇子を投げつけた。扇子は景時の厚い胸板に当り、床に落ちた。筋ひとつ動かさず頼家を見る。ぷいと頼家が横を向いたとき、雷鳴のとどろくがごとくに景時が発した。

「たわけた振舞はいい加減に召されい」

顔色ひとつ変えぬのに、すさまじい迫力があった。

「御所、この鎌倉は強い者しか生きてゆけぬ所じゃ。その事しかと肝に銘じられよ」

頼家は目を剝《む》いた。

「何を抜かす！　己れの不始末を棚に上げて予を弱武者呼ばわりするか」

面を紅潮させて頼家は腰を浮かした。

景時が軽く目礼して立ち上る。

「御所、なぜかような仕儀となったのか。誰が仕掛けたものなのか。とくと考えてから騒がれることじゃ」

「待たぬか！」

頼家は叫んだが、すでに景時は背を向けていた。蔀戸がゆっくり閉まって景時の姿が消え、床に先ほど投げつけた扇子だけが残された。

「くそったれ！」

頼家は扇子を蔀戸に叩きつけた。

それから八日後、頼家は侍所別当、梶原景時を呼びつけると、新たな命令を布告した。

――将軍に対するお目見得は特に頼家の選んだ五名の近習のみとし、他の者は許可なく将軍にお目見得することを禁ず。また前記五名の者は将軍の思し召し格別の者であるゆえ、市中で狼藉《ろうぜき》があろうとも、これを勝手に処罰することを禁ずという内容で、直裁権停止に対する報復だった。

景時は何も言わず頼家の命を拝受して退出した。そのまま政所の大江広元、問注所の三善善信に伝える。

「なんとまた拗《す》ねた童《わらわ》のようなことを……」

まず広元が嘆息をついた。

「平三殿は侍所別当であろう。なぜ御所に意見されなんだ」

二人の吏僚は口を揃えて言った。

しかし景時は思いがけず眼を怒らせ二人を威嚇してきた。

「ご両所、己れの職責をわきまえられよ。将軍家の命を直接奉行する者が、御所の下命を軽んじては、亡き幕下に対する不忠ぞ」

「何をいわれる。われらは将軍家大切を思うゆえ、御所の威を損ねかねぬこたびの御命を案じておるのだ」

広元の言葉に、景時の眼が凄みを帯びて光った。

「因幡前司、御所を侮《あなど》るか」

広元と善信の顔が紙のように白くなる。

「これは将軍家直々の命じゃ。懈怠《けたい》なく行なわれるべし」

射すくめるような景時の眼光に、二人は気圧《けお》されてうなずいた。

このころ、頼家は比企能員邸で気に入りの近習衆を前に盃を傾けていた。頼家は比企能員の妻を乳母《めのと》としてこの邸に育ち、能員の娘、若狭局《わかさのつぼね》との間に一子一幡《いちまん》をもうけている。生まれ育った比企邸は、頼家の実家といってよい。

頼家は酔いに充血した眼に皮肉な色を浮かべていた。

「ご老体どもが予に休みをくれたわ。ありがたく頂戴して酒を飲み女でも抱こうぞ」

一息に盃を干す。

「予はあの分別顔の親爺どもと違うて若いのじゃ。予が充実するころには、親爺どもはみな杖にすがって歩きおろう。その時にはたっぷりとこたびの礼をさせてもらう」

頼家は盃を置き、北条五郎時連の顔を見た。

「のう五郎、そちの親父の時政と兄の義時にはとりわけ念入りにさせてもらいたいがかまわぬか」

頼家は荒《すさ》んだ眼で、五郎の反応をうかがった。

「御所のご存分に」

五郎は、はっきりと顔を上げて言った。

「ほう」

頼家は屈託を感じさせぬ五郎の瞳に見入った。

「父や兄が没落してもかまわぬか」

「代りに私めにご厚恩を賜われば」

五郎はぬけぬけと言ってのけた。

頼家は一瞬毒気を抜かれたようにきょとんとしたが、すぐに手を拍《う》って大笑した。

「愉快じゃ」

心地良げに五郎へ盃を突き出す。

「取らす」

五郎は盃を受け一息に飲み干した。すずやかな立居振舞である。

「親父や兄とは似ても似つかぬ」

頼家はそうつぶやき、急に考え込むような表情になった。座が沈黙した。頼家の横に侍る比企弥四郎《やしろう》が、座を取りなそうと元気の良い声を上げる。

「ときに御所、あの安達弥九郎《あだちやくろう》めに女ができたことをご存じにおわすか」

頼家は眼を上げた。

「なんとな。して、いかなる女子じゃ」

「なんでも京下りの白拍子《しらびようし》とか。弥九郎め、他人の女遊びを咎め立てしながら、己れが白拍子を引っ張り込むとはまこと不埒な奴にございます」

比企弥四郎は頼家の顔をうかがった。

「おお、その話ならわしも聞いておる」

と他の近習たちも応ずる。

「なんでも女の側を離れたくないばかりに任国の三河《みかわ》へ出向する日を延ばし延ばしにしておるとか。あのカタブツがえらいことになったものじゃ。それにしても弥九郎めはいかなるふうに女をくどくのかの。あの取り澄ました顔で『ソチナシデハワシハイキテユケヌ』などとほざきおるのかのう」

近習が弥九郎の口真似をしてみせ、一座はどっと沸いた。

しかしともに笑った頼家が突然怒気を顔に表わした。

「たわけめ！」

頼家は安達弥九郎のまじめくさった顔を見るたびに小癪な思いがしてならなかった。

「あの者、尼御台や北条にへつらい、いい気になっておる。三河国は近年盗賊の押妨《おうぼう》度々に及び、往来の旅人を悩ませておる。三河は安達の任国。かような懈怠は許せぬ。予をないがしろにする振舞じゃ」

頼家は憎々しげに顔をゆがめた。

座が再び静かになったとき、体格の良い中年の男が入ってきた。この邸の主、比企廷尉能員である。比企能員は常と変らぬ快活な表情を見せて頼家に挨拶した。

「御所、こたびの事、気に病まれるには及びませぬぞ。この廷尉も宿老のひとりなれば、かの合議制などたちまち骨抜きにしてご覧に入れ申す」

「言うな」

頼家は横を向いた。

「かの者たちには、予が幕下に劣らぬことを思い知らせてくれるわ」

「おお、その意気にござる」

能員は破顔して大きくうなずいた。

「この廷尉、御所のお気持ちが少しも萎えておられぬのを知って安堵いたしました」

能員は頼家の盃に酒を満たした。

「今宵はこちらにお泊まりになられ、ゆったりとされることです。一幡若君もちょっと見ぬ間に一段と大きゅうなられて爺などの腕にはずしりとこたえますぞ。若狭も首を長うして御所のおなりを待っておりましょう」

能員はそう言って少し曖昧《あいまい》な笑みを浮かべた。頼家は体の奥に、若狭の粘りつくような肌のぬくもりが蘇ってくるのを感じた。

この年の八月十九日、鎌倉は殺気だった雰囲気に包まれた。甲冑《かっちゅう》に身を固めた武士たちが松明《たいまつ》を手に続々と御所に向って集まりつつあった。征夷大将軍頼家の命により安達弥九郎景盛《かげもり》の追討が発せられたのである。

頼家はこの三月の間、安達弥九郎に対し、執拗に三河国下向を命じていた。弥九郎が、盗賊の害は追捕使を送るほど甚大ではないとして、なかなか命に従おうとしなかったことが、頼家を意地にさせた。

「本来の任を果たせぬというなら、三河国守護職は召し上げじゃ」

頼家の威嚇に、弥九郎は渋々腰を上げ、三河国へ向けて出発した。

頼家は近習たちとともに弥九郎の一隊を見送った。

――弥九郎め、さんざんに手間取らせおって。あやつは尼御台の仰せなら素直にきくという。幼少の頃より大人の顔色を見て器用に立ちまわる虫のすかぬ奴だった。わしの命をきかぬのも、きかずとも大事あるまいと思うておるからじゃ。

頼家の胸に弥九郎に対する憎悪がふつふつとたぎった。

「弥九郎めはお役目と女のどちらを大切に思うておるのでありましょうや。ほんに女々しき奴にございます」

背後に控える比企弥四郎が言う。

弥四郎の言葉を聞いたとき、頼家は弥九郎に対する鬱陶《うつとう》をきれいに晴らす方法を急に思いついた。弥四郎を手招きして耳打ちする。

「そち、弥九郎の女をさらってまいれ」

頼家の眼は弥九郎を苦しめることができる悦びに異様に光っていた。

三河国へ下った弥九郎は、一月たつかたたぬうちに鎌倉へ戻ってきた。この弥九郎の態度は、頼家から女を寝取ったやましさを消し、代りに憎悪を倍加させた。

御所の一室で、頼家は三河国下向の報告に参上した弥九郎と対面した。

「かの地において各所を探索いたし申したが、すでに一味の輩は他国へ逃亡した模様……」

弥九郎は儀礼を守った態度で言ったが、その眼には恨みがにじんでいた。

「各所を探索したとな」

頼家は弥九郎を睨んだ。

「それにしては早いではないか。うぬはいったい幾日三河に滞留したのじゃ」

「十日ほどにございます」

「うぬはわずか十日で三河国中を探索できるのか。これは驚いた」

弥九郎は唇をかんだ。恨みが染みた弥九郎の眼と頼家の視線がぶつかった。

「何じゃその眼は」

顔を真赤にして頼家は立ち上る。

「うぬの懈怠《けたい》は許せぬ。謹慎じゃ。甘縄《あまなわ》に戻って謹慎しておれ。ただちに鎌倉より失《う》せよ！」

弥九郎は深く一礼したが、その場を動こうとしなかった。

頼家は大きく息をつき、その姿を上からじっと見下ろした。

「弥九郎。女を返して欲しいか」

いたぶるように言う。

「女は返さぬぞ。うぬのごとき不忠を働く懈怠者には返さぬ。わかったらとっとと失せよ」

しかし弥九郎は石のようにすわり続けた。

頼家は嘲笑《わら》った。

「年寄りのご機嫌取りだけが取り柄で、まったくの臆病者であるうぬが、こと女となればさように性根がすわるか」

空気が緊迫し頼家の手が佩刀《はいとう》に伸びた。

「御所！」

傍らの近習が頼家を押さえ、残りの近習たちが弥九郎の腕を左右から取り部屋の外へ引きずり出した。揉みくちゃにされた弥九郎の眼に、深い軽蔑が宿っているのを頼家は見た。

翌日、安達弥九郎景盛が謀反を企てているとの注進が幕府に入った。これに対する頼家の動きは、まるで注進を待っていたかのように敏速であった。

――弥九郎め、女で身を滅しよるわ

御家人たちは、頼家の下命を受けて御所へ向って駆けつつ、そう思った。

安達家は先代頼朝との所縁《ゆかり》が深く、弥九郎の父、藤九郎盛長《とうくろうもりなが》は、頼朝がまだ伊《い》豆《ず》の流人《るにん》であった頃から仕えてきた。このため所領も多く、御所に参集した御家人たちの顔は、大きな期待に輝いていた。誰もが自らの手で安達父子の首をあげ、いちばん多く褒美をもらおうと張り切っている。御所内には数多《あまた》の篝火《かがりび》が等間隔に並び、真昼のようにあたりを照らし出していた。頼家自ら具足をつけ、滞りなく合戦の支度も整いつつある。

「みな集まっておるか」

頼家は甲冑姿で居並ぶ近習衆へ向けて鋭く発した。

「すでにみなの者、石の御壺に馳《は》せ集まり、御所のお成りをお待ち申しております」

「うむ」

頼家はすっくと立ち上り、勢い良く蔀戸を開けて、外に出た。立ちはだかっていた梶原平三景時とぶつかる。景時が一礼した。

「何用じゃ」

頼家は不機嫌に横を向いた。

「御所、巷《ちまた》では『御所は横恋慕した女を取り上げるため、安達を三河にやり、望みを達するや邪魔になった安達を誅すのだ』との流言がささやかれておりますぞ」

頼家は一瞬顔色を変えたが、挑むように景時を睨んだ。

「何とでも言わせておけばよい。予は将軍である予の命に服さぬ者を誅すのじゃ。止めだては無用」

「止めはいたしませぬ」

景時は言った。

「御所、理由の是非はいかにあれ、いったん事を起した以上、必ずお仕遂げ下され。何があろうとも安達父子の首を挙げられるべし」

「言われるまでもない。弥九郎の首を挙げねば将軍としての面目が立たぬわ」

景時は深くうなずき「今のお言葉、お忘れあるな」と言った。

暁闇のころ、頼家の近習小笠原長経《おがさわらながつね》を大将とする討手は御所を出立し、甘縄の安達邸へ向った。頼家は、安達父子討滅の報を、具足姿のまま庭に出て待った。

「お使者にございます」

近習の声に「おう」と頼家は立ち上った。

「早かったの」

笑みを浮かべて見やると、近習は面を伏せていた。

「いかがした……」

頼家は訊ねたが、近習の後ろから現われた男を見て顔をしかめた。やって来たのは甘縄からの使者ではなく、尼御台政子の使者、二階堂行光《にかいどうゆきみつ》であった。

頼家は行光に向って怒鳴った。

「これは表向きの事、口出しは無用に願いたいと母上に伝えよ」

しかし行光は落ち着きはらって言った。

「尼御台様はすでに甘縄の安達邸に渡御《とぎょ》されておられます。御所様が敢えて安達邸をお攻めになるなら、まずご自身最初の矢にあたって果てられるとの仰せ」

行光の口上に頼家は顔を紅潮させ唇を震わせた。

「な、なぜ母上はそこまで安達を庇《かば》う。わしより安達の方が大切なのか」

ややあって討手に向った小笠原長経より使者が到着した。使者は尼御台政子が安達邸の正面に頑張っており、いかんともしがたいことを告げた。

「致し方あるまい……」

頼家は力なくつぶやき、撤兵を命じる使者を出した。頼家は気の抜けたような足取りで二、三歩進んだが、ふいに激情が蘇ってきた。眼を剝いて近習たちを睨みつける。

「母上にいらぬ事を吹き込んだのは誰じゃ。そやつを探し出し、首を刎《は》ねてここへ持って参れ」

胸の奥から次々と鬱憤が涌き出し、近習たちに当り散らした。ふいに鋭い視線を感じた。振り返ると梶原景時の姿があった。頼家は急に黙り込んだ。景時は無言のまま頼家の顔を見ていた。

四

この騒ぎから約三月後の十一月十二日、政所別当の大江広元が困惑した表情で頼家のもとに伺候した。

「じつは御所にお目にかけたいものがございます」

広元はそう言って分厚い書状を頼家の前に差し出した。一読した頼家は驚いて広元の顔を見た。

「どういうことなのじゃ」

広元は苦渋をにじませながら答えた。

「ご覧になってのとおり梶原平三景時に対する弾劾状にございます。鎌倉中の主な御家人たちすべてが署名いたしております。先月の二十八日、和田義盛《わだよしもり》が私のもとに持って参りました」

「して、なぜかような仕儀となった」

「事の起りは先月の二十五日、結城朝光《ゆうきともみつ》が故幕下（頼朝）への一万回の念仏供養を提唱したことに始まります。じつはあのおり、結城朝光が幕下の治政を懐かしむ発言をいたしました」

「うむ」

頼家は知っているという表情でうなずいた。

「ところがその翌日、結城朝光は自分が誅殺されると聞かされ、狼狽して三浦義《みうらよし》村《むら》の邸に駆け込んだとのこと」

「なぜ結城が誅殺されねばならぬ」

「先代を懐かしみ当世を謗《そし》った不忠赦《ゆる》し難しとて、梶原平三が結城誅殺を御所に進言したとの話を、ある者が結城に告げたようにござる」

「さような事を結城の耳に入れたのは誰じゃ」

「それが……」

広元は声を低めた。

「どうも阿波局《あわのつぼね》のようにございます」

「阿波局とな……」

頼家は阿波局の心棒が欠けたような白い顔を思い浮かべた。局は尼御台政子の実妹にあたり、故頼朝の次男で頼家の実弟である千幡《せんまん》の乳母をつとめている。頼家にとっては叔母にあたるが、局は実家の北条邸に居るためあまり行き来はない。

「口さがない女じゃ。勝手なことをしゃべりおって」

頼家は腹立たしげに言って広元を見た。広元は軽く会釈したが、ふとその眼が自分を憐れんでいるように感じられた。

広元は言った。

「御所、梶原平三は御家人衆には不人気な男にございますが、幕下第一の郎党として将軍家に大功のあった者にございます。今の御所にもまだまだ必要な男であるはず。それゆえ何とか和睦の方途を探さんと連判状を私の手許に留め置きましたが、もはや私の手には負えませぬ。一昨日、御家人どもが強硬に連判状の提出を求めにやって参りました。御所、御家人どもは本気ですぞ」

広元は言い終えると、逃げるように頼家の面前から姿を消した。

頼家は即刻、梶原景時を召し出した。連判状を景時の前にひろげる。

「この鎌倉の主な御家人すべてが、そちへの弾劾状に名を連ねておる。どうするつもりじゃ」

景時は無言で頼家を見た。

「どうするつもりじゃと聞いておる」

頼家は焦《じ》れたように言葉を重ねた。

「御所……」

景時は重い口を開いた。

「この鎌倉の棟梁は御所におわす。すべては御所がお決めになること。この平三は御所の仰せに従うのみにござる」

「平三！」

頼家は叫んだ。

「わしはそちがなぜ鎌倉中の御家人から指弾されるに至ったかを述べよと申しておる。そちと同じく予の後見をつとめる比企廷尉の名まであるぞ」

景時は静かに顔を上げると、いたましげな眼で頼家を見た。瞬きもせずに頼家を見つめる。頼家は居心地悪げに足を組みかえると念を押した。

「この連判状について申すことは何もないというのだな」

「御所の命に従うのみ」

景時の眼が暗い膜でおおわれたように翳《かげ》った。

梶原平三景時は弾劾状に対し、何ら弁明することなく相模《さがみ》一の宮の自領へ帰っていった。頼家はさすがに景時を失うことに惧《おそ》れを感じ、比企能員邸滞在中、梶原一族のひとりである景茂《かげもち》を比企邸に呼び寄せた。景茂は景時との連絡のため、ひとり鎌倉に残っており、頼家は比企能員に御家人たちと梶原景時との間を周旋させようと考えたのだ。しかし能員は景時の所業を悪し様に言い、「君側《くんそく》の奸《かん》、梶原景時を追放すべし」とくりかえした。

困惑した頼家に能員は言った。

「御所、この廷尉ある限り、決して御所に仇為《あだな》す者を措きはいたしませぬ。ご安心召されよ」

頼家は比企能員の態度を景茂に伝えた。景茂は落ち着いた様子で「一の宮の景時にはしかとそのように伝え申す」と言った。頼家は景茂の冷静な瞳に強い非難がこめられているのを感じ、なだめるように言って聞かせた。

「いま、源氏一族の長老たちに周旋させるべく広元と善信に申しつけておるところじゃ。しばし待て」

しかし新田《にった》、大内《おおうち》ら源氏の長老による調停は不調に終った。御家人たちの結束は、長老たちが首を傾げるほどに固かった。十二月十八日、梶原景時の追放が正式に決定。

景時は年が改まった正治《しょうじ》二年（一二〇〇）一月十九日、一族を率い京都をめざして出奔した。すぐ鎌倉より追手が差し向けられたが、景時一族は追手にかかる前に、駿河《するが》国清見関《きよみがせき》で在地の武士たちによって悉《ことごと》く討ち果たされた。
数日後、景時の首が実検のため鎌倉へ送られてきた。
──身から出た錆じゃ。成仏せい
頼家は景時の首につぶやいた。

五

梶原景時滅亡後、鎌倉と頼家の周囲は落ち着きを取り戻した。

停止《ちょうじ》されていた直裁権も少しずつ頼家の手に戻され、政務を裁き蹴鞠《けまり》に興じる日々が続いた。一芸に秀でた者を側近に集め、己れの手足として自在に使いこなしはじめた。頼家は、自信を回復しつつあった。

尼御台政子の訪問を受けたのは、そんなある日のことである。

「お呼びいただければ、こちらから出向きましたものを」

頼家は機嫌よく政子を迎えた。

「畏れ多いことを申されますな。わが子とは申せ将軍家を呼びつけなどしては罰が当りましょうぞ」

政子は微笑《ほほえ》んだ。

「じつは、この尼の頼みを聞いていただきたくて参りましたのじゃ」

政子は言った。

「なんなりと仰せ下され。母上の頼みとあらば、いかような事でもお聞き届けいたしましょうぞ」

頼家は胸を張って応じた。

「お言葉をうかがい安堵いたしました」

政子はうれしげに居住いを改めた。

「じつはの、わが父北条四郎時政殿の事じゃ」

政子の口から出た名に、頼家は複雑な顔をした。脳裡を達磨《だるま》に似た北条時政の風姿がよぎる。政子の声が耳奥に響いた。

「――時政殿を『遠江守《とおとうみのかみ》』に任官させていただきたいのじゃ」

頼家は一瞬狐につままれたような面持ちで政子を見た。

「お願い申す」

深々と頭を下げる。

「母上……」

頼家は顔を緊張させた。

「幕下――父上の遺命をお忘れか。『受領《ずりよう》への任官は源家一族の者に限り、御家人にはゆるさず』と定められたのをお忘れか」

「それはようこの尼も存じております」

政子が膝を乗り出してくる。

「確かに時政殿は幕下とはまったくお血筋はつながりませぬ。なれど当世殿（頼家）には実の祖父ではありませぬか。源家一族の待遇をお与え下されても幕下の定めに背くことにはなりますまい」

頼家は沈黙した。政子の背後にある時政とその子義時に危険な匂いを感じたのだ。

「大事ゆえ即答はしかねまする。数日お待ちになるように」

硬い表情で政子に申し渡した。

頼家は北条時政任官について、まず大江広元と三善善信に諮った。意外なことに両名ともまったくこの件に異を唱えようとはしなかった。

頼家は両名を交互に見すえ、

「幕下の遺命に外れることとは思わぬか」

と問うたが、

「尼御台様の仰せであれば間違いありますまい」

と答えるのみであった。

頼家は続いて比企能員に諮った。

「さほど深刻になられずともよろしかろう。『遠江守』くらいくれてやりなされ。御所はいずれ大納言《だいなごん》、大臣になられるお方ではありませぬか。確かに同じ御家人として時政に先を越されるのは悔しいが、行く行くは御所とわが娘若狭の間に生まれた一幡君が跡をお継ぎあそばされるはず。そのあかつきには私めも受領の位をいただきたいものじゃ」

そう言って能員はほがらかに笑った。

頼家は和田、三浦、畠山《はたけやま》ら主な御家人に残らず諮問したが、誰ひとりとして反対する者はなかった。御家人たちは自分にも受領に任官する道が開けたことを喜んでいた。誰もその気持ちを隠そうとすらしない。彼らはみな北条父子に一目おいていた。頼家は時政が自分の祖父であるゆえのことと思いたかったが、とてもそれで納得しきれるものではない。御家人たちの様子は以前とは変ってしまっていた。ようやく「重し」がとれたとばかりに勝手な方向へ翔んでいこうとしているようだ。北条父子が一目おかれているのは「重し」を取り除かんとする張《ちょう》本《ほん》だからではないのか。

この年の四月十九日、北条時政は従五位下遠江守に任ぜられた。即日、時政は義時を連れ、頼家のもとへ御礼言上に訪れた。鎌倉中より集まった源氏の一族、主だった御家人たちが満座を埋めつくす中、頼家は北条父子を引見した。時政は絹の紋織物で製した狩衣《かりぎぬ》を身につけ、仰々しく任官の礼を述べた。一歩退いた所に義時が控えている。義時は父の口上を無表情に聞き、父に従って黙念と頭を下げた。頼家は父子の様子を見るうち、ふと寒気を覚えた。満座の御家人たちを従えていながら冷たい風が躰《からだ》に直接当るのを感じた。取り返しのつかぬことをしたのではないかという惧《おそ》れが頼家の心を重くとらえて放さなかった。

その夜、頼家は深更に目を醒ました。寝間を出て庭に下りる。夏を間近に控えた夜の庭は単衣《ひとえ》でも寒さを感じることはない。自ら手燭をかざして庭石を踏み、小さな池の前にたたずんだ。ごく浅いはずの池の水面は夜闇を吸い込み黒々とした厚味を帯びていた。

「そうだったのか」

頼家は声に出してつぶやいた。

——あれは北条の罠だったのだ

手燭を水面にかざす。黒い水面にぼんやりと顔の輪郭が浮かび上った。水に映った己れの顔が、別の男に変っていく。

——平三……

頼家は低くうめいた。しんとした闇の中で頼家の脳裡は冴えわたった。

——あの事件で結城朝光に「梶原景時が朝光を誅殺しようとしている」と吹き込んだのは阿波局だった。薄ぼんやりとしたお喋《しゃべ》り女房の愚挙としか思わなかったわしは、なんと馬鹿な男よ。梶原平三は父上が遺された「掟」の番人のような男だった。あの男だけは父上が亡くなられた後も、それに忠実であったのだ。だから北条は平三を恐れた。平三さえいなくなれば己れの出る幕が来るというわけだ。では北条の狙いは何か。わしは幕下（頼朝）の血を受け継ぐ者が、わしの他にもう一人いることに気がつかねばならなかった……。わが弟、千幡だ。あの病弱な少年の乳母が阿波局ではないか。そして阿波局は北条一族の女じゃ。時政の娘で尼御台の妹じゃ。この一件で阿波局を操っていたのは、おそらく局の夫の阿野全成《あのぜんじょう》であろう。あの目立たぬ男、北条の入婿のようになっているが、思い返してみれば幕下の弟、わしの叔父、源家の一族じゃ。わしが消え千幡が将軍に

なれば、あの男は将軍の養父として大きな力を持つことになろう。あの事件は阿野全成と北条父子が結託して仕掛けた罠だったのだ
頼家はここまで思い至ると、手燭を池の中へ投げ捨てた。たちまち漆黒の闇が頼家を包む。やり場のない怒りが五体に溢《あふ》れてきた。
――わしはどのようなことをしてでも平三を庇わなければならなかった。平三を庇い通すことは、わが身を守ることでもあったのだ
頼家は景時に御家人の連判状を見せ、申し開きをするよう迫った日の事を思い出した。あのとき「なぜ鎌倉中の御家人から弾劾されるに至ったかを申せ」と言った頼家の顔を、景時はいたましげな眼をして見返した。
――さもあろう。「なんと愚かな将軍よ」と思ったことであろう。この鎌倉は道理など少しも通らぬ所じゃ。ここでは小さな傷ひとつがたちまち命取りになる。御家人どもはみな横眼で誰が次に弱味を見せるかうかごうておるのだ。そして誰かが傷ついた動きを見せるや、その者にみなで襲いかかり食いつくしてしまう。平三はわしを信じわしのために傷ついた。しかしわしはその平三をむざむざと死なせてしまった。わしは将軍でありながら、この鎌倉の真の姿すらわかっていなかった

頼家はふと背筋に冷たい汗が流れているのを感じた。周囲の闇が凶々《まがまが》しく牙を剝いているようであった。

――もはや北条がわしに仕掛けてくるのを阻める者は居るまい。だが征夷大将軍であるわしが、清和源氏嫡流であるわしが、北条ごときの勝手を許すことなどできようか。幕下から尊い血筋を受け継いだわしは、武家の秩序を守るべくして生まれたのじゃ。北条の勝手など決して許さぬ

頼家はひとりになった実感を嚙みしめるように、四囲を厚くおおった闇を睨みすえた。

六

頼家は北条一族打倒を心中深く決意した。北条一族を斃《たお》すことによってのみ征夷大将軍の権威は亡き父のころの姿に戻るのだ。

頼家は自分の周囲を守る近習衆のてこ入れからはじめた。北条時政の三男である五郎時連を思い切って重用する。周囲はこれを諫めたが、頼家は耳を藉《か》さなかった。

いまの頼家に安心して使える武力は、比企一族のみである。

比企一族は頼家を養君として育《はぐく》んできた家であり、両者の紐帯は血のつながりよりも強い。しかし比企一族のみの武力では、北条を斃せない。また北条を斃すには、それにふさわしい大義名分が必要である。

頼家は自分の地位を最大限につかわねばならぬと思った。征夷大将軍として全御家人の上に君臨する頼家が、大義名分によって動員令を発すれば、御家人どもは争って北条の喉元を食い破るであろう。

北条を斃す大義名分を得るには北条一門内に楔《くさび》を打ち込む必要があった。頼家は五郎時連を比企弥四郎ら比企の子弟とともに、常に連れ歩き蹴鞠を共にした。

建仁《けんにん》二年（一二〇二）六月のある日、頼家は北条五郎、比企弥四郎ら近習衆といつものように蹴鞠を楽しんだあと酒宴に入った。顔を揃えたのは常に頼家に近侍する者たちばかりだったが、この日に限って座に白拍子たちが侍っていないのが奇妙であった。

大盃をあおりつつ列座の者を見まわしていた頼家が、ふと五郎に目を留めた。

「五郎」

酔いにふちの赧《あか》らんだ眼で北条五郎を見やる。比企弥四郎らの盃を持つ手が止まり、鋭い視線を五郎へ投げかけた。座の気配が緊迫する。弥四郎らはいつでも腰刀に手をかけられる体勢にあった。殺気の見え隠れするなかで、五郎は平然と盃を傾けていた。

　頼家の眼が凄味を帯びて光った。

「五郎、身の危険を感じぬか」

　五郎時連は静かに盃を置いた。

「よほど鈍い者でも感じぬわけには参りますまい」

　しかし、その頬には微笑が浮かんでいる。

「五郎、名を変えよ」

　頼家は突然に言った。

「そちの名『時連』は銭を連《つら》ぬくに当り卑しい。予が『時房《ときふさ》』という名を与える。受けるか」

　ためらうことなく五郎は答えた。

「御所より名をたまわること、この五郎の本望にございます。さすれば親より授かりし名も惜しくはございませぬ」

　頼家は一座を見渡して言った。

「五郎は予が直々に名を与えし者じゃ。皆もそのこと肝に銘じて忘れるな」

盃を一息に干す。

「五郎は決して逃げぬぞ。予が健在でおるかぎりな……」

頼家の瞳に凄愴な光が宿り、列座の者たちは息を呑んで主人《あるじ》の姿を見つめた。

狙っていた機会が訪れた。ある夜、名を時房と改めた北条五郎が、頼家のもとへ伺候して告げたのだ。

「御所、阿野全成殿が動き出したとのこと」

「わが舎弟、千幡の擁立を謀っての企てか」

「御意《ぎょい》」

五郎はうなずいた。

その報告によると、全成は妻の阿波局が乳母をつとめる千幡を次期将軍に立てるため、京都の朝廷に対し画策しているという。全成は頼家の追放を前提に、頼家の嫡子一幡を除き、千幡に対し将軍宣下《せんげ》が与えられるよう、朝廷の要路へ極秘に働きかけていた。全成と朝廷との連絡には、在京している全成の子、頼全《らいぜん》が当っているとの事。むろん全成の背後には北条時政、義時父子がいる。

「千幡が将軍になれば、幕府は北条父子の思いのままだな」

頼家は稚《わか》い千幡の蒼白い横顔を思い浮かべた。

「五郎よ、予は時政と義時を誅する。このことしかと胸に刻んでおくがよい」

「御意」

五郎はまっすぐに頼家を見た。

「父兄を誅さるるとも迷わぬな」

「さにあらず」

五郎は屈託のない表情で笑みを浮かべた。

頼家も釣られて笑った。

「怖じ気づいたのなら、今から父兄の許に戻っても良いぞ。止めはせぬ」

「この五郎の胸中は誰よりも御所がご存じのはず」

頼家は軽く首を振り、戯れるように言った。

「予もそちのことはようわからぬ。わかっておるのは、そちも面の皮一枚剝《は》げば、時政や義時と同じほどに欲の皮が突っ張っておることくらいじゃ」

「見そこなっていただいては困ります」

五郎は言った。柔和な微笑をたたえてはいたが、その瞳の奥は気色ばむほどに真剣であった。

「御所、私は黙っていても家督を継げる父や兄とは違います。父や兄と同じに生きて浮かぶ瀬などありましょうや」

五郎の両眼にちらと嘲笑がまたたいた。端正な面ざしから放たれた眼光が、鋭く頼家を射抜いていた。

建仁三年（一二〇三）五月十九日、頼家は阿野全成を謀反のかどで捕えた。

全成の逮捕は北条父子に大きな衝撃を与えた。全成が謀反人と定まれば、頼家に北条一門誅伐の口実を与えかねない。頼家はその翌日、全成の妻、阿波局逮捕のため尼御台政子邸に兵を送った。

頼家方は多数の兵で尼御台邸を囲み、強硬に阿波局の引き渡しを要求した。だが政子の態度はより強硬だった。頼家に対し「仮りに全成に謀反の事実があったとしても、女人である阿波局にそのような大事が洩らされるはずはない。姉である自分が局の潔白を請け合う」と申し入れ、決して頼家の要求に応じようとはしなかった。

「やはり尼御台は北条の人間じゃ」

頼家の背後に控える比企弥四郎が舌打ちし、

「御所、尼御台邸の門を破り、力ずくで阿波局を引っ捕えましょうぞ」

とほえた。

しかし頼家は首を振った。

「今はそこまでせずともよい。母上の身に間違いがあっても困る……」

頼家は胸に蕭条《しょうじょう》と風が吹き抜けるのを感じた。政子は身を張って妹である阿波局を守ろうとしている。阿波局を守るということは、北条一門と千幡を守るということにつながる。政子はこのたびの頼家と北条一門の相剋をどのようにとらえているのであろうか。頼家を理不尽な圧迫者と見ているのであろうか。

「尼御台は御所より千幡君の方が可愛いのでございましょう」

背後で比企弥四郎の憤然とした声が響いた。

頼家は先刻の政子の口上を反芻《はんすう》した。

――仮りに全成に謀反の事実があったとしても……

「全成は、――叔父御は切り捨てられたな」

頼家はつぶやいた。北条の入婿にまでなった源氏長老の末路であった。

この年六月二十三日、頼家は常陸《ひたち》国へ追放していた阿野全成を誅殺させた。

頼家は全成を殺すことで、さらに北条氏への圧力を強めた。もし北条氏が少しでも隙《すき》を見せれば直ちに誅伐命令を出すつもりだった。さすがに北条父子は抜目がなく、謀反の証拠をつかまれる真似はしなかったが、頼家はじっと北条父子が小さなほころびをみせる時を待った。心配なのは母であり、今は北条の楯となって身を張る政子の動向であったが、今度こそ政子の介入を許さず時政と義時を討取る覚悟だ。

——源家のため、将軍家のため北条父子だけはなんとしても討取らねばならぬ。いつ五郎が親父と兄貴のしっぽをつかんで来るかだ

頼家は緊《しま》った表情で思案を続けた。すでに夕闇が迫り、あたりは影を濃くしていたが、暑気は容易に引かなかった。

頼家は井戸端に出て何杯も水をかぶった。気合を入れようとしたのだ。そして雫《しずく》を全身から滴らせたまま、階《きざはし》に腰を下ろし思案の続きにふけった。思案に没入する頼家の視界にひとりの男が映った。藤蔵という下僕で、ときおり姿を見かける。藤蔵は手に大きな布を持っていた。頼家が不機嫌に横を向く。思案の邪魔をされたくなかった。藤蔵は頼家の前にうずくまり、しばしおずおずとしていたが、やがて思い切ったように発した。

「御所様、まだ暑い時期とは申せお体にさわります。お拭き下され」

藤蔵は一礼すると頼家の後ろに回り、その背を拭こうとした。頼家の平手打ちが藤蔵の頬をしたたかに打った。藤蔵は他愛もなく地べたに転がり、起き上ると頭をこすりつけて平伏した。

「失せよ、下郎《げろう》」

藤蔵は小さくかしこまると、布を遠慮がちに頼家の脇へ置き、もう一度ぺこりと頭を下げて退いた。

その翌日、頼家は久方ぶりに比企能員邸を訪れた。急に愛妾若狭局と嫡男一幡に会いたくなり、会いたいとなったら矢も楯もたまらなくなったのだ。突然の来訪に、若狭局は驚いたが、すぐ一幡を抱いて頼家の前に現われた。一児を生んでなお若狭の体は若々しい線を保っており、一幡をあやす姿に健康な色香が漂っていた。

一幡はその若狭の膝にぺったりと座り込んで、先ほどからじっと若い父親の顔をまばたきもせずに見つめている。

「さっ、父様《てて》のお膝にお行きなされッ」

若狭が微笑んでうながすと、一幡はよちよちとした足取りで頼家の前まで来て、すとんとその膝にすわり込んだ。頼家は一幡の髪を撫で、小鼻や頬を軽く突ついた。

「どうじゃ、息災にしておったか」

頼家が一幡の顔をのぞき込むと、顎が胸につくほどに大きくうなずく。

一幡は神妙な表情で父の膝にすわったまま、何を訊ねられても、ただ大きく頭を縦に振った。

「どうした一幡、口が利《き》けぬようになってしもうたのか」

頼家がからかうと、真面目な顔をして、今度は横に大きく頭を振った。

頼家はおかしげに若狭を見やった。

「久方ぶりのおめもじが気恥ずかしいのでございましょう。もっとしばしばおいで下さればよろしいのに」

若狭はそう言って、軽くしなをつくってみせた。

頼家はあわてたように視線をそらし、

「娘のようなことを」

と口ごもりながら、膝に居る一幡の小さな手をもてあそんだ。

若狭は袖で口をおおって小さく笑い、上眼づかいに頼家を見て、

「酒《ささ》をお持ちいたしましょう」

と体を弾ませるように言った。

やがて酒が運ばれ、若狭の酌を受けて盃を口に運ぼうとした。

突然背骨の内で何かが走った。頼家は異常を感じて盃を置いた。背筋を走る異様な感覚は、しだいに手足の隅々にまで拡がっていく。それが激しい悪寒に変るまでいくばくもなかった。

「御所、いかがなさいました」

気づかわしげな様子に変った若狭の顔が、しだいに霞んでいった。

——発病した
頼家は遠のく意識の中で冷たい恐怖を感じた。重病であることを、本能が切迫した調子で訴えかけている。

——この大切な時に何ということだ
歯の根も合わぬ悪寒の中で、激しい後悔が頼家を襲った。濡れた体で風に当っていた頼家に、布を差し出した下僕の顔が浮かんでくる。

——南無八幡大菩薩、なにとぞ今しばしのご猶予を
頼家は振り絞るようにうめくと、そのまま意識を失った。

七

頼家重病の知らせはたちまち鎌倉中を駆け巡った。

この知らせを北条時政は、躍り上って聞いた。年甲斐もなく興奮して伜《せがれ》の義時に言う。

「聞いたか、小四郎。御所は倒れられたぞ。明日をも知れぬほど重いとのことじゃ。天はわれらに味方したもうたぞ」

「御所ご危篤の報は間違いのない所から出たものでしょうな」

義時が用心深く念を押した。

「うむ、間違いない。わが手の者を薬箱持ちの端に加えて、しかと御所のお姿を見届けさせた。近頃の御所は何を企むかわからんでな。うっかり虚言に乗せられでもすれば身の破滅じゃ」

時政はちらと苦々しげな顔をしたが、すぐ喜色を戻し、

「御所はのう、ただ昏々と眠るばかりじゃそうな」

と言ってくすくすとわらった。

「父上、喜ばれるのはよろしいが嬉しさのあまり事をせいてはなりませぬぞ」

義時が釘を刺す。

しかし時政の上機嫌は変らない。

「わかっておる。そのようにこむずかしい顔でわしを見るな」

時政は愛想に欠ける息子の脇腹を突ついた。

義時はそれにかまわず、たんたんと頼家失脚への手順を時政に確認した。

「今度は大丈夫じゃ」

時政は隣室まで届くほどの声で言った。

「御所さえ倒れてしまえばこちらのもの。こちらには尼御台も居れば千幡君も居る。千幡君は御所と同じく幕下と尼御台の間にお生まれになった和子《わこ》じゃ。比企の娘などが生んだ一幡を押し除《の》けたところで、御家人どももさしたる抵抗は感じまい。やはり梶原平三を消しておいたのが利いたの」

八月七日、頼家の病状がいよいよあらたまった。そして八月二十七日、突然譲補が発表された。

それによると頼家の家督を二つに割り、関西三十八カ国を頼家の弟千幡が管領し、関東二十八カ国を頼家の嫡子一幡が管領するとされた。譲補の発表は一方的に行なわれ、一幡を擁する比企一族に対しては何らの相談もなかった。

この決定は頼家の名で発布されたが、北条父子の独断であることは、誰の眼にも明らかだった。

譲補は比企一族に深い衝撃を与えた。

「御所のご病状は重く、悩乱状態と申しても良い。粥《かゆ》を差し上げることすら大仕事じゃ。ご本復《ほんぷく》の見込みはまずあるまい」

比企能員は苦渋の色をにじませて一族の者たちに語った。

膝に一幡を抱いた若狭が、身を捩《よじ》るように訴えかけた。

「父上、なぜいつになってもわたくしが御所にお目にかかるお許しが出ないのでございます」

「知れたこと」

能員は舌打ちして若狭を見た。

「尼御台のさしがねじゃ。尼御台は夜も昼も御所の病床に付ききりなのだ。うるわしき母の愛と言いたいが、都合の悪い者が御所に近づかぬよう番をしておるのよ」

「いかがなさるおつもりです」

若狭の声は悲鳴に近かった。

「北条がどう出てくるかによるが、いずれ決着をつけねば事はすむまい」

能員は重苦しく息をついた。

「ときに父上」

比企弥四郎が、ふと顔を上げて能員をうかがった。

「明日、北条邸で行なわれる仏像供養、まさか参られるおつもりではありますまいな」

「いや、行くつもりじゃ」

能員はきっぱりと言った。一座が大きくざわめく。

「無茶にござる。みすみす虎口へ入らんとされるおつもりか」

弥四郎が叫び、他の者も口をきわめて諫止《かんし》した。しかし能員は諾《き》こうとしない。

たまりかねた弥四郎が、

「どうしても参られるというなら、われらが甲冑で身を固め、郎党どもを連れてお供し申す」

と叫んだ。

「うろたえるな！」

能員が血相を変えている弥四郎を一喝する。

「さような真似をすれば、逆に北条からつけ込まれるのがわからぬのか。今の鎌倉を戦支度で時政邸まで向ってみよ。たちまち『千幡君に対する謀反人』に祭り上げられるは必定《ひつじょう》じゃ。とにかく行かぬかぎり、必ず時政は難癖をつけてくる」

「なれど」

「心配は無用」

能員は一座を見渡した。

「あの腹黒い時政とて、このわしをそう易々と討つ気にはなるまい」

能員はそう言って一座の者へ鷹揚《おうよう》にうなずいてみせた。

翌朝、比企能員は水干葛袴《すいかんくずばかま》姿でわずかの郎党を連れ、北条時政邸へ出向いていった。巳《み》の刻になって能員の供をした郎党が顔色を失って戻ってきた。

「お屋形様、時政邸にてお討たれになりましてございます！」

郎党の報告に比企弥四郎は蒼ざめて立ち上った。

「われらの出遅れが敗因じゃ。父上が時政のもとへ出向かねばすまなくなった時点で、われらの負けは決まっておった」

弥四郎はすぐに若狭と一幡を連れてくるよう命じた。一幡を抱きしめた若狭が侍女に連れられてくる。鈴を張ったような若狭の瞳が激しく動揺していた。

「兄上！」

若狭は唇をふるわせ弥四郎を呼んだ。

「取り乱すでない」

弥四郎は厳しい声で若狭の動揺を咎めた。

「よいか、若狭」

若狭の肩を抱いて諭《さと》す。

「間もなく邸は多勢の討手に囲まれるであろう。比企一族の命運は尽きたのじゃ。われらはここで最期の戦して武士らしく死に際を飾らねばならぬ」

眼に涙を浮かべた若狭の唇が動きかけたが、弥四郎はそっと押し留めた。

「われらは死んでもそなたは生きのびねばならぬ。一幡君の御為じゃ。見事生き抜いて一幡君を立派にお育て申すのだ。そしていつかわれらが恨みを晴らしてくれ」

弥四郎の言葉に若狭は深くうなずいたが、なおもその場で一幡に頰ずりをくりかえし、たたずんだ。弥四郎が若狭の背を強く押す。

「さらばじゃ、若狭。さらばにござる、一幡君」

弥四郎は二人を連れてきた侍女を振り返った。

「頼んだぞ」

侍女は弥四郎に一礼すると若狭をうながした。一幡を抱いた若狭は、弥四郎を何度も振り返り去っていった。

討手の軍兵が比企邸を取り囲んだのは午《うま》の刻ころである。誅伐令は、尼御台政子が将軍代行の資格で発し、比企一族は幕府と千幡に仇為《あだな》す謀反人となった。

弥四郎は櫓《やぐら》に登って討手の様子を眺めた。畠山重忠《しげただ》、稲毛重成《いなげしげなり》、和田義盛、三浦義村……。主だった御家人たちが勢揃いしている。

――ああ……あの時と同じじゃ
弥四郎は梶原景時が弾劾された時のことを思い出した。

――すべては北条父子の思惑通りに行きよった。御所が倒れては尼御台の権威に抗することは叶わぬわ
弥四郎は顔を揃えた御家人たちを見るうちに口がむずむずとしてきた。大音声を上げ、主な御家人たちの名を次々と呼ばわる。呼ばれた御家人たちが一斉に弥四郎のいる櫓を見上げた。頃合よしとばかりに弥四郎の片頬がにやりとする。

「お歴々がお揃いじゃ。よう見ればどれもこれも欲の皮が突っ張ったツラばかり

じゃのう」

嘲罵《ちょうば》の声に、武士たちは気色ばみ、弓に矢をつがえた者もいた。

弥四郎は続けた。

「われらの所領などいくらでもくれてやるわ。盗っ人め！」

討手の群がる中から、ひょうと一本の矢が飛び出し、弥四郎の頬を掠《かす》めた。白眼を剝いて睨みつける。

「北条の口車に乗せられた馬鹿者どもめ。この次はうぬらの誰かがまたこうして囲まれるのだ。その日は遠くないぞ」

そう言ってけたたましく笑った弥四郎へ、第二の矢が飛んできた。今度はあやまたず弥四郎の眉間を射抜いた。

「先に地獄で待っておるぞ……うぬらも間ものう来ようほどに」

弥四郎の体はもんどり打って櫓から転げ落ちた。

申《さる》の刻、比企館は焼け落ち、すべては灰燼《かいじん》に帰した。比企一族焼亡は直ちに北条父子のもとに知らされたが、若狭局と一幡の脱出を聞いて、時政の機嫌はたちまち悪くなった。

「一幡は、仮りにも御所の嫡男じゃ。比企の謀反に巻き込まれ、一族自害の巻き添えを食って灰になったのでなければ都合が悪いではないか」

時政は怒って義時の顔を見た。

「案ずるには及びますまい」

義時は落ち着きはらっていた。

「逃げ落ちた先は、おそらく比企の縁者。居所を突きとめることはたやすいはず。実際にどこで死んだかなどはたいした問題ではありませぬ。後で一幡は比企邸で死んだと公表すればそれでよいでしょう。見つけしだいわれらの手で闇に葬ってしまえば、御家人どもも余計な事は知らずにすむのです。また、たとえ知ったところでわれらの申すことに異を唱える馬鹿者は、もうこの鎌倉にひとりも居りますまい」

ここまで言うと義時は初めて口許をほころばせた。

その数日後、一幡と若狭が比企邸で一族と運命をともにした事が知らされた。焼跡から一幡の小袖の一部と称する布の切れ端が発見され、頼家の蹴鞠の相手をつとめた大輔房源性という僧が、これを高野山《こうやさん》におさめるため旅立っていった。

北条父子は比企一族を滅ぼしたその日に京へ使者を送り、頼家の弟、千幡に対する征夷大将軍の宣旨《せんじ》を請うていた。

ところが、その宣旨が間もなく到着しようという時に、余命いくばくもないはずの頼家が奇跡的に生き返った。

目覚めた頼家の枕元に政子が居た。

「母上……」

頼家は小さな声で呼びかけた。

高熱も悪寒もきれいに消えていた。半身を起してみると、衰弱し切っていたものの、平癒が自覚できた。

「まだ起きてはなりませぬ」

政子がそっと頼家の肩に手をかけて体を横たえさせた。

「母上、ずっと傍に居て下さったのですか」

見上げるような頼家の視線が、政子にその幼かりしころの姿を蘇らせた。政子は頼家の視線から逃れるように軽く目を伏せた。

「いま、粥の支度をさせます」

政子は立ち上ろうとした。

「いますこし傍に居て下され」

頼家の瞳に宿った無邪気さが、政子の心を打った。政子が腰を下ろすと、安心したように眼をつぶる。

「私のやり方は強引すぎましょうか」

頼家は目をつぶったまま言った。

「でも私は一日でも早く幕下に追い着きたいのです。早く父上のようになりたい……」

頼家はさらに続けようとしたが、政子は軽くこれを押し留めた。

「まだ本復しておられぬのにそのようなことを考えてはお体に障ります。いまは滋養のあるものを食され、ゆっくり休まれて、一日も早う体をもとに戻されることじゃ」

母の言葉に、頼家は素直にうなずいた。

「少し腹がすきました……」

政子は微笑み「粥を」と侍女に支度を命じた。すぐに膳が二部運ばれ、母子はともに食事を摂った。食事の途中、政子が箸を止めぽつりと言った。

「そなたと二人きりで御膳をいただくのは初めてじゃ」

頼家は顔を上げて政子を見た。

「もっとしばしばそのようにしておれば……」

　ふいに政子の顔がゆがんだ。

「どうなさいました、母上」

　頼家は笑った。

「この後はいくらもそういう折がございまする。そのようにいたします」

　きっぱりとそう言い、ぎこちなく箸を運ぶ頼家に、政子の表情がいたましげに変った。

　食事が終る頃、頼家はふいに言った。

「比企弥四郎を呼んでいただけませぬか」

　政子は狼狽したように頼家を見つめた。

「……弥四郎は今おりませぬ」

「さようですか、それでは――」

　頼家が別の近習の名を言おうとするのを、政子はさえぎった。

「今は表向きの事はお考えにならぬほうが良い。ゆっくり休むのじゃ」

「母上、いかがなされた」

　頼家は引き攣った政子の顔を見て、なだめるように笑ったが、ハッとしたように笑みを消した。黒い予感が涌き上ってきた。

「母上、まさか……」

頼家は衰弱した体で立ち上ると「誰かある、誰かある」と叫んだ。政子が頼家の腰にしがみついてくる。

「なりませぬ。そなたの病はまだ癒えておらぬ。寝ておらねばなりませぬ」

頼家は政子の腕を振りほどいた。

「誰かある、誰かある」

さきほど膳部を運んできた侍女が、おびえたような顔を現わした。

「弥四郎を呼んで参れ。今すぐここに呼んで参れ」

侍女が困惑した様子で政子の方をうかがった。

「いったい何があったのじゃ」

頼家は蒼白な顔で政子と侍女を交互に見すえた。

政子が観念したように言った。

「弥四郎は死にました」

「弥四郎が死んだということは……」

「そうじゃ……」

比企一族と若狭一幡母子の最期を聞かされた頼家は、しばし呆然と立ちつくした。

大きく開かれた瞳が異様に血走りはじめる。喉の奥で獣のごとくうなった。北条父子への憎悪が次々とほとばしった。やにわに太刀をつかんで叫ぶ。

「北条を誅伐せよ。時政と義時の首を梟《さら》すのじゃ。鎌倉中にわしの命を伝えよ」

「気をお鎮《しず》めなされ」

政子が脇から取りすがった。

「さような事はもう叶わぬのじゃ」

頼家は腕にすがった政子を睨みつけた。

「叶わぬことがあろうか。わしは征夷大将軍じゃ。この鎌倉の棟梁じゃ。母上の実家《さと》とて許しはせぬ」

「違うのじゃ」

政子は涙まじりに叫んだ。

「そなたはもう征夷大将軍ではない。新しい征夷大将軍に千幡が決まったのじゃ」

「な、なんと言われる……」

頼家は政子の宣告を何度も己れの口で反芻《はんすう》したが、声にならなかった。腰からくずおれる。抱きかかえようとする政子の手を、頼家ははらいのけた。

「二度とお顔を見とうございませぬ……二度と見とうない！」

八

九月二十九日、頼家は修善寺《しゅぜんじ》の配所へ向けて出発させられた。近習衆の供奉《ぐぶ》は一切許されず、一人だけ下僕を連れて良いという厳しい処遇であった。それを告げられたとき、頼家はかつて自分の体を拭こうとして折檻された下僕のことを思い出した。

「あの男、藤蔵とかいった。あの者にしよう」

頼家はつぶやくように言った。

頼家の配所は指月ヶ丘の中腹にあった。近くに修禅寺の伽藍《がらん》が見えるほかは、湯治《とうじ》小屋のみすぼらしい板屋根が点在するのみの寂しい風景が続く。配所には頼家の身の回りを世話する者が十数人いたが、いずれも幕府差し回しの監視者であることは明らかだ。

配所へ来た頃、頼家は毎日ただ鬱蒼と緑に覆われた山々を見て過ごした。一人の話し相手すらいなかった。かつての華やかな日々を考えれば、その寂寥悲嘆は察して余りあるものがあった。

修善寺へ来てしばらくたつと、頼家は藤蔵を連れて附近を散策するようになった。下僕とはいえ、いまの頼家には他に気を許せる者すらない。主従はたいてい黙ったまま野道を歩んだ。育ちの違い過ぎる二人に、共通の話題などあろうはずがなかった。

ある夏の日、頼家はいつものように藤蔵を従え散策に出た。起伏のある野道を足早に進んだが、見晴らしの良い丘まで来ると、休息のため立ち止まった。藤蔵が準備した敷皮に腰を下ろした頼家は、眼前にひろがる田圃《たんぼ》の様子にじっと見入る。若い稲穂が風に揺れさざめき、みずみずしい香りをこの丘まで運んできた。

「刈り入れまであとどれほどじゃ」

頼家が田圃に眼を向けたまま訊ねた。

「およそ一月半ほどにございましょう」

頼家はうなずき、田圃を眺め続けた。

畔道《あぜみち》を数人の子供がやって来るのが見える。子供らは田の傍まで来ると何やら歓声を上げて動きはじめた。地面にしゃがみ込み、鼠を狙う猫のように何かを捕えて、持参の袋の中に入れている。

頼家は藤蔵を振り返った。

「あれは何をしておる」

「蝗《いなご》を取っているのでありましょう」

藤蔵は答えた。

「イナゴ……」

頼家は蝗がよくわからないらしく、

「それはこのあたりにだけいるものか」

と問うた。

藤蔵が微笑する。

「いえ、どこにでもおりまする。私の故郷にもおりました」

「ほう……」

頼家は要領を得ない表情でうなずいたが、ふと藤蔵の言葉に気を留めて訊ねた。

「そちの故郷は何処じゃ」

「越後《えちご》国にございます」

頼家は驚いたように目を瞠った。

「越後とな……それは遠いのう」

「はい、遠うございます。それに冬になると人の背丈の倍ほどに雪が積ります」

「人の背丈の倍とな」

頼家はその様子を想像しようとしたが、うまく実感が涌かなかった。

「冬は屋根より家に出入りいたします」

頼家は目をまるくした。

「一度行ってみたいのう」

思わぬ頼家の言葉に藤蔵はあわてた。

「滅相もございませぬ。御所様がおいでになるような所ではありませぬ」

「わしはもう将軍ではない」

頼家の表情が翳《かげ》った。

「御所様はまだお若うございます。必ずや近い将軍、鎌倉の棟梁に返り咲かれることでございましょう」

「言うな、そちなどが口を挟むべき事ではないぞ」

藤蔵はハッとしたように飛び下ると、地に頭をこすりつけて平伏した。

「行くぞ」

頼家は立ち上った。再び頭を上げた藤蔵の眼に、しだいに遠ざかり小さくなっていく頼家の後姿が映った。

元久《げんきゅう》元年（一二〇四）七月十八日深更、頼家は周囲のただならぬ気配を察して眼を醒ました。太刀をつかんで寝間を出た所へ、藤蔵が飛び込んでくる。

「御所！」

藤蔵が悲痛な声をあげた。

「周囲を取り巻かれておるのか」

絶望した表情で藤蔵がうなずく。

戸口が破られ十人ほどの武士がなだれ込んできた。先頭に立った武士が頼家を認め、軽く一礼する。

武士は言った。

「畏れながらお命申し受ける」

頼家は静かに前へ出た。

「北条時政の命か」

武士は頭を横に振った。

「では義時か」

武士が再び頭を横に振る。

頼家は頰に嘲笑を浮かべた。

「他に誰がおるというのじゃ」

武士は言った。

「北条五郎時房様の命にござる」

頼家は瞬間、度を失った。五郎時房のすずやかな笑顔が幻のように浮かんだ。

――そうじゃ。わしとしたことが、あの男を忘れておった
頼家は突然甲高い声を立てて笑った。

「五郎に伝えよ」

威厳を損ねぬ太い声で発する。

「はじめ予に仕えて父兄を討たんとし、次いで父兄が為に主を討つ――か。わしは今にしてようやくうぬの胸のうちがよめたぞ。だがうぬは自らその望みを達することはできまい。たとえわしの首をさげて北条に戻ったところで、もはや北条の家督を得る機会は永遠《とわ》に去ったのじゃ。うぬの念願は義時かその倅《せがれ》が、三代

将軍の千幡あらため実朝《さねとも》を斃して達するであろう。せいぜいよく輔《たす》けてやるが良い」

頼家はいま一度甲高い声を立てて笑った。眼のふちから涙が一粒こぼれ落ちた。すらりと太刀を抜き放つ。

「前《さきの》征夷大将軍が相手じゃ。不足はあるまい」

そう叫ぶや鋭く床を蹴った。刃風がうなり血飛沫《しぶき》が上った。返り血に染まり、悪鬼のごとき形相で次の標的を睨む。

「あな、恐ろしや。御所に刃など向けては八幡様の神罰が下ろうぞ」

中の誰かが叫ぶや武士たちの間に恐怖が走り、みな壁際まで退いた。

頼家は太刀を構え直し、じりじりと武士たちとの間合を詰めていった。が、突然、頼家の動きが乱れた。見ると頼家の首に投げ緒の縄が巻きついている。背後に異相の武士が縄の端を持って、頼家の体を手繰り寄せていた。

「御所！　我が恥辱今に晴らさん！」

異相の武士はそうわめき、背後から頼家に襲いかかった。頼家は壮健な体力に恵まれ膂力《りよりよく》も強い。組みつかれたまま男を振り回しねじ伏せようとした。男の体は傾きかけたが、急に頼家の顔が痙攣《けいれん》した。男が頼家のふぐりを思い切り握ったのだ。

斜めによろめく。男はすかさず腰刀を抜いて頼家の脾腹を突き通した。仰向けに倒れた頼家に馬乗りになってわめく。

「御所、わしの顔を覚えておるかッ」

しかし白蠟のような頼家の顔には死相が現われつつあった。

「御所、目を開けよ。わが恨み思い知ってから逝け」

頼家の眼が空ろに開いた。頼家は焦点の合わぬ瞳で、じっと男の顔を見つめた。

「ひどい金壺眼じゃ……」


頼家が無惨な死を遂げてから一月後のよく晴れたある日、鎌倉を旅立った一人の僧形の若者があった。いかにも俄《にわか》出家という風情の藤蔵である。

藤蔵はいったん捕縛され鎌倉に収監されたが、なぜかこのほど放免となった。剃髪した藤蔵に対して、莫大な路銀が与えられた。

「尼御台様よりの下されものじゃ」

と包みを渡してくれた小役人が藤蔵の耳許でささやいた。

藤蔵は巨福呂《こぶくろ》坂を足早に登った。藤蔵には頼家の母である尼御台政子の気持ちはよくわからない。

――身分ある方のお心のうちを、わしごとき匹夫《ひっぷ》が考えても頭が痛うなるばかりじゃ

藤蔵は脇目もふらず進みながらも、ときおり胸もとにそっと手を置いた。そこに頼家の遺髪が匿《しま》われている。

藤蔵は経の読み方もろくに知らなかったが、頼家の菩提を弔いたいという気持ちに寸分の嘘もなかった。この世の誰よりも大きな祝福を受けて生まれながら、今はその追善《ついぜん》のため身を捧げる者のひとりとていないことに、藤蔵は怒りすら覚えた。

――頼家公と自分は前世の因縁とて薄かったはずだ

と藤蔵は思う。

征夷大将軍であった頼家から見れば、藤蔵など人のうちにも入らぬ身分なのだ。ところがその自分ひとりだけが、頼家の非業の最期に立ち会った。菩提を弔う唯一の者が、自分のような下僕であることに、藤蔵の胸は痛んだ。

藤蔵はようよう峠の頂上までたどり着いた。振り返ると鎌倉の街が、一望のもとに見渡せた。

「なんと狭い所じゃ」
藤蔵は思わず声を上げた。
大きく湾曲した海岸線と三方から迫って来る山並に押し潰されそうな所であった。その猫の額ほどの平地に無数の屋根がへばりついている。街全体が気息奄々《えんえん》としていて今にもうめき声を立てそうだ。
――この街がある限り侍たちは殺し合いを続けていくのであろう
藤蔵は鎌倉の街に背を向けて峠を下り始めた。幕府には善光寺へ詣でると言っておいたが、藤蔵の胸に秘められた行先は別の所だ。
――御所、背丈に倍する雪をお見せ申す。この藤蔵がお供し申す
藤蔵はいま一度胸の遺髪に手を当てると、二度とは振り返らず歩き出した。

壇の浦残花抄

安西篤子

著者プロフィール　あんざい・あつこ◎一九二七年、兵庫県生まれ。六四年、『張少子の話』で、第五二回直木賞受賞。九三年、『黒鳥』で女流文学賞受賞。著書に『悲愁中宮』『卑弥呼狂乱』『花あざ伝奇』『義経の母』『壇の浦残花抄』『木瓜の夢』『色に狂えば』『龍を見た女』『洛陽の姉妹』など多数。

一

九郎判官義経《くろうほうがんよしつね》どのは、今朝、都を立《た》ち退《の》き、西国さして落ちて行かれたそうでございますね。

ついこの春には、私ども平家一門が、義経どののために西へ西へと追われ、壇《だん》の浦《うら》で滅んでしまいました。あれからまだ八月にもなっておりませんのに、あのとき華々しい勝《か》ち戦《いく》さの御大将であられた方が、いまわずかな手兵とともに都を逃れて行かれるとは、まことに諸行無常《しょぎょうむじょう》、盛者必衰《じょうしゃひっすい》の浮世と申さねばなりますまい。

はい、御坊のおっしゃる通り、私は幾度か、義経どのを見ております。間近に逢《あ》ったこともございます。

どんな男であったかと、お尋ねでございますか。さあ、なんと申し上げましょうか。

そう、世間でよく申します通り、形の小さい、色白の、おとなしやかに見える人でございます。大将らしいいかめしいところは、薬にしたくもございませんでした。

もっとも、最初は遠くから見かけただけでございますので、顔形まではわかりませんでした。はい、おっしゃる通り、あの屋島《やしま》の戦いのときのことでございます。

私どもはふとした油断から、小勢の義経どののために屋島の御所を追われ、みなみな舟へ逃れました。私は建礼門院《けんれいもんいん》さまの御供をいたしまして、帝《みかど》の御召し舟におりましたのですが、そこへ別の舟に乗っておられた大臣殿宗盛《おおいとのむねもり》さまから、お使いの者が参ったのでございます。そして、奇妙なおいつけを私に伝えました。「いまから、小舟一艘を漕《こ》ぎ出す。玉虫《たまむし》の前《まえ》は、美しく装った上で、それに乗って行くように」と。

女院《にょういん》はそれをお耳になさいまして、たいそう危ぶまれました。私は一門の中では、ごく軽い身分の生まれでございますが、女院が御年十五で入内あそばしましたとき、私はようやく六歳の幼さながら、選ばれて女童《めのわらわ》として御供の端に加えられ、それ以来十余年、玉虫と呼ばれてことのほか御眼をかけていただきました。戦さの最中に私を傍からお放しになるのは、お気の進まぬご様子でした。

けれども、大臣殿からの強《た》ってのお申し出ではあり、何事も兄君にはおさからいにならない女院でございましたから、やがて渋々ながらお許しが出ました。当の私はと申せば、どういう御用ともわからぬながら、なぜか胸がときめいたことを覚えております。

大臣殿のおいいつけ通り、私は朋輩の手をかりて髪を梳《くしけず》り、念入りに化粧をし、柳の五衣《いつつぎぬ》に紅の袴《はかま》を着けて、迎えの小舟に乗り移りました。

小舟には舟子《ふなこ》のほかに、二人ほど侍衆がおり、その一人が私を舳先《へさき》へ導きました。そして、皆紅《みなくれない》の扇を私に手渡しました。

「いまから、小舟を敵のいる磯近くまで漕ぎ寄せます。ほどよい所で舟を留めますので、あなたはここに立ち、この扇を舟の船枻《せがい》に挟み立てた上で、敵を招いて下さい。扇を射させて、敵の手並をも見、あわよくば義経どのを誘い出そうとの、大臣殿のお考えです」

そう話しているうちにも、舟は源氏勢のいる浜まで七、八段（七、八十メートル）というあたりへ進んでおります。そこで漕ぎ手が手を休めましたので、私は命じられた通り、皆紅の扇を立て、ついで岸へ向かって招くしぐさを致しました。

すでに時刻は酉《とり》の刻（午後六時ごろ）に近く、二月なかばのことで、あたりには夕闇がしのび寄っておりました。それでも、浜辺に寄り集う敵方の武者の姿は、よく見えます。何百騎という敵勢の間に、ことに名のある武士とみえて、華やかな装束を身につけた一群が眼につきましたが、その中でもとりわけ、私の眼を惹いた武者がおりました。赤地錦の直垂《ひたたれ》に紫《むらさき》裾濃《すそご》の鎧をつけ、腰に佩《は》いた黄金造《こがねづく》りの太刀と兜に打った金の鍬形とが、すでにかなり傾きかけた夕陽を浴びて、眩しくきらめいていました。

——あれこそ、義経どの。

誰に教えられずとも、私には一眼でわかりました。それは見事な装いのせいばかりではなく、やはり持って生まれた御大将の器量というものが、そう教えたのでございましょうか。

遠い上に、小舟が波に揺られますので、眼鼻立をとくと見定めることは叶いませんでしたが、猛々しいところの少しもない、ゆうに優しいそのお顔つき、またはやり立つ葦毛《あしげ》をなだめなだめするその手綱さばきや、兜の紫の緒を引き結んだ若々しい顎の白さは、よく見てとれたのでございます。

一方、義経どのにしましても、宮の女房の装いの私を珍しく思われたか、もっとよく見ようとするように、波打際まで駒をすすめられ、傍の武者があわてて引き留めておりました。

義経どのを囲んで、敵方はしばし、評議をこらす気配でした。が、やがてこちらの意を汲《く》んだとみえて、一人の騎馬武者が群を離れて進み出、そのまま一段ほど、海中へ馬を乗り入れました。手には重籐《しげどう》とみえる弓を握っております。味方の侍衆が呼びましたので、私は舳先を離れました。

扇を射ようという武者は、私と幾歳も違わない、まだ若い男でございました。逞《たくま》しい黒馬をたくみに乗り静めながら、弓に矢をつがえ、鐙《あぶみ》の上に踏ん張って、じっと狙いを定めます。私の乗っております小舟のうしろには、帝、女院をはじめ平家一門が、それぞれ舟を連ねて見物しておられます。また渚では源氏方が、これも息を凝らして、成行を眺めております。

このときの私の胸のうちを、どう申し上げればよろしいのでございましょうか。私の立てました扇の的を、まんまと敵に射抜かれたくないような、また、首尾よく射てほしいような、われながらふしぎな心持でございました。

日はますます暮れかかり、風も強く、小舟は木の葉のように波に揉《も》まれます。この分では、どれほどの妙手であろうと、射当てることは叶うまいと、そう思いました折も折、虚空を切る鏑矢《かぶらや》のひびきが聞こえ、ぴしりと音を立てて、扇は要《かなめ》を射抜かれておりました。私は覚えず仰いで見ました。

あれは、ほんとうに美しい眺めでございました。紅地に金で日輪を描いた扇は、一旦、宙に舞い上がり、それから風に揉まれながらゆっくりと落ちてきて、しばし波間に漂ったのでございます。

敵も味方も、思わずどっと褒めそやしました。若い射手は面目をほどこし、頬を赤く染めて波打際へ引き返して行きます。

私も胸が躍りました。この一年の間、私どもを都から追い、不如意な暮しを強いてきた憎い源氏勢ではございますが、ただ今のみごとな手並にはほとほと感服せずにはいられませんでした。

お味方の侍衆も思いは同じだったものか、小舟にいた二人のうち、年嵩の、黒革縅《おどし》の鎧を着た武者が、白柄の薙刀《なぎなた》を手に、扇の立っていたあたりへ進み出ると、手ぶりおかしく舞いはじめたのでございます。

それを眼にしたものは、敵も味方も、どっと笑い出しました。私も扇のかげから、笑いながら眺めておりましたが、ふと岸へ眼を移しましたとき、判官どののお顔が眼に入ったのでございます。

兜の眉庇《まびさし》の下からのぞくその白いお顔は、いましも夕陽を受けて淡紅に染まっておりました。そしてそれだけではなく、そこには最前とはうって変わった、妙に翳りのある、険しい、いえ、なにかもっとおそろしい表情がうかんでいたのでございます。

なぜか背筋を冷たいものの走るのを覚えた私は、あわてて身を起こしました。ちょうどそのとき、判官どのは傍をふり返り、最前、扇の的を射た若武者に、短くなにか命じられました。若い武者は再び進み出ると、弓に矢をつがえました。

「危のうございます」

私は、のども裂けるばかり、大声で叫びました。が、舟縁を打つ波の音と、敵味方のざわめきが、私の声を消してしまい、それは舞っているお侍の耳まで、届かなかったのでございましょう。早くも飛んできた一筋の矢が、その喉頸に深々とつっ立っておりました。お侍はのけぞるように舟底へ倒れ、そのまま事切れてしまわれました。

思いも寄らない事の成行に、海上の平家も陸の源氏も、一瞬、静まり返りました。そのあと、最前とは異なる歎息に似たどよめきが起こったのでございます。

汀《みぎわ》にいた敵勢の中には、雀躍して喜ぶものも少しはおりましたが、大方は興《きよう》醒《ざ》め顔で口をとざしています。

私どもの小舟の舟子が、大あわてで舟を漕ぎ返しましたので、あとのことはよく存じません。お味方の悪七兵衛景清《あくしちびょうえかげきよ》どのが、わずかな武者を連れて渚に上がり、勇ましく戦って敵の肝を冷やしたと承ります。

船中で眠れぬ一夜を明かした私どもが、翌朝早く、志度《しど》の浦へ退き、さらに西国へと逃れて行ったいきさつは、御坊もお聞き及びでいらっしゃいましょう。

行方も知れずただよう船の中で、私はたびたび、たった一度だけ見かけた敵将の義経どのの姿を思いうかべておりました。

遠目ながら、器量は衆にすぐれた御大将とお見受け致しました。戦場にあっては鬼神も避ける勇猛の武人と聞いておりましたが、それればかりではなく、気品もあり、情にも厚い、好ましいお人柄と、最初私の眼には映ったのでございます。ところが、義経どのは、扇の的をみごとに射た若武者に命じて、さらにその手並を讃えて舞い狂った平家方の武者まで、射殺させてしまわれました。なんと酷いなさりようでございましょう。これは決して、心ある大将のあそばすこととは申せますまい。

いったい義経どのとは、どんなお人なのか、私はしきりに考えこまずにはいられなかったのでございます。

二

平家方が屋島の戦いに敗れましたのが、今年すなわち寿永四年（一一八五）二月十九日のこと、そしてそれからようやくひと月後の三月下旬には、あの壇の浦の戦さが起こったのでございます。

屋島を離れました私どもは、味方を求めて瀬戸の内海を西へ西へと下って参りましたが、そのころにはもう、源氏の旗色がよいと見定めて、誰も誰も、争って義経どのの麾下《きか》に馳せ参じる有様。とうとう私どもは、長門国引島《ながとのくにひくしま》まで追い詰められてしまいました。ここには新中納言知盛《しんちゆうなごんとももり》さまが、鎮西のお味方をひきいて陣を据えておられます。

その間に義経どのは、兄の三河守範頼《みかわのかみのりより》どの、梶原景時《かじわらかげとき》などの軍勢とひとつになられ、三千余艘の船に分れ乗って、引島めがけて押し寄せてこられました。そこで、三月二十四日卯《う》の刻（午前六時ごろ）に矢合せと定められたのでございます。

それは、夏のはじめのさわやかな朝でございました。いつものように、女院の御手水《みちようず》や御召替のお世話をしたあと、私も手鏡をのぞきました。すると、久々に晴の装いをした、先月の屋島での出来事が思い出されました。あのとき、遠くからちらと見かけた敵将が、いま大軍をひきいて攻め寄せて来ているのだと、ちょうどそこまで考えましたとき、風に乗って、矢合せの鏑矢の唸りが聞こえて参りました。続いてどっと、鬨《とき》の声も起こり、いよいよ今日の戦さがはじまったのだとわかりました。

私は女院のお供をして、帝の御召し船に乗り合わせておりましたが、ここには、二位の尼御前《あまごぜ》をはじめ、大納言典侍《だいなごんのすけ》どの、北政所《きたのまんどころ》、廊の御方《おんかた》、帥《そち》の典侍《すけ》どのなど、みなともに乗っていらっしゃいました。

ご承知の通り、尼御前はお名を時子《ときこ》と申し上げ、亡き入道相国清盛《にゆうどうしようこくきよもり》さまに添われて、建礼門院徳子《とくこ》さまをはじめ、大臣殿宗盛さま、新中納言知盛さま、鎌倉でとらわれの身の三位中将重衡《さんみのちゆうじようしげひら》さまをお生みになった方でございます。妹君がすなわち、後白河《ごしらかわ》院に召されて高倉《たかくら》院を生み参らせた建春門院滋子《けんしゆんもんいんしげこ》さま、兄君が大納言時忠《ときただ》さまでいらっしゃいます。

尼御前はこのころ、六十に少し足りぬ御齢《おんよわい》でいらしたでしょうか。私ども若年の者でも、なにかと不満が出がちの船暮しでございましたが、二位さまに限っては、愚痴めいたお言葉がお口を洩《も》れたためしもなく、いつも清らかに身仕舞をあそばして、もの静かに日を過ごしておられました。

私はこれまで、女院にお仕えしておりまして、二位さまにお眼にかかる折は寡《すく な》く、よく存じ上げなかったのでございますが、都落ちののちは、お側近く起き臥しして、そのお人柄もよくわかって参りました。お顔立やお声は、女院によく似通われ、まさしく御親子《ごしんし》とお見上げ申しましたが、女院のひたすらお優しく、ときにはあまりにお心弱くさえお見受けしますのに比べて、尼御前は柔和な面差の奥に、強いご気象を秘めていらっしゃると思えました。

いまから二年前、木曾《きそ》の左馬頭義仲《さまのかみよしなか》のために都を追われてこのかた、一ノ谷《いちのたに》や屋島で戦さに敗れ、多くの公達があるいは討たれ、あるいは捕われ致しましたときも、二位さまはお悲しみを怺《こら》えて、お味方を励まし、力づけてこられたのでございます。

お子方のうちでもとりわけ、いとしがられ、頼りにもあそばした三位中将重衡さまが、鎌倉勢に生捕にされ、後白河院から、「内侍所《ないしどころ》を返し入れるなら、重衡を許そう」と申し出てこられたときも、「これまで幾度も違約をなさった院のお申し出は、聞き入れるわけにはいきません」と仰せあって、心剛くもお断りあそばしたと承りました。

こういうお方でございますから、継子に当たられる普賢寺《ふげんじ》関白基通《もとみち》さまの北政所寛子さま、これも常盤《ときわ》の前の所生で、尼御前にとっては生《な》さぬ仲の廓の御方、三位中将重衡さまの北の方でいらっしゃる大納言典侍どの、大納言時忠さまの北の方帥の典侍どのなど、多くの女人方はもとより、大臣殿や新中納言どの、そのほか一門の方々すべてが、尼御前を父とも母とも仰ぎ、なにかにつけてそのお指図を仰ぐのでございました。

入道相国さまが世を去られてのちは、平家一門の柱ともなってこられた二位さまの、ただ一つの願いは、外孫に当たられる幼帝をいま一度、都へお返し申すことだったと存じます。都ではもはや一昨年、後白河院の思し召しで、帝の弟君に当たられる幼い御子《みこ》が践祚《せんそ》あそばされ、こちらの上を〈先帝〉などと称すると、風の便りに私ども耳にしてはおりますが、内侍所も持たぬ帝があろうかと、私どもは笑い合っていることでございました。

亡き相国さまの悲願でございました帝の御栄えを、どうにでもしていま一度、見なければならぬというのが、尼御前の切ないお望みでございましたろう。そのためには、どれほどの憂さ辛さにも堪えようとのお覚悟とお見受け申しました。

けれどもそうした二位さまの強いお志も、どうやら徒に終ろうとしていると、私の眼にも見えてきております。聡い尼御前のことでございますから、もとより疾《と》うにそこへお気づきでいらっしゃいましょう。

とは申せ、この朝の二位さまのご様子には、平生と変わるところは少しもございませんでした。帝の御傍に寄り添い、なにやかやと御物語をあそばすのは、時折、風の向きによって聞こえてくる武者たちの矢叫びや、攻め鼓、薙刀の打ち合う音を、御耳に入れまいとのお心遣いからでございましょう。

私どもも尼御前に見習って、心を落ちつけようと努めはしますものの、つい最前、新中納言が、高らかに仰せられました、「戦さは今日ぞ限り」とのお声も明らかに耳に入り、ではいよいよ、最期も近づいたか、ここ西海の藻屑となるのかと、あれを思い、これを思い、ただ悲しみと歎きに身を任せるばかりでございました。

御齢こそ三十歳に近いと申せ、あてになよやかに、童女のようにたわいなくいらっしゃる女院は、帝をお慰め申し上げるどころか、御自身が母御前のお側につっ伏し、ひたすらに怕《おそ》れおののいていらっしゃいます。

それでも午《うま》の刻ごろまでは、お味方の勢いが敵を圧していたと申します。平家方は潮の流れに乗って、源氏方へ押し寄せました。船戦さに馴れたお味方は、千艘の軍船《いくさぶね》を三手に分け、五百艘を山賀の兵藤次《ひょうどうじ》秀遠《ひでとお》に授けて先陣を勤めさせます。二段目は松浦《まつら》党が三百余艘をひきいて、これに続きます。そして三段目の二百余艘に平家の公達が乗り組みます。

一艘におよそ十人の武者が乗り、舷には楯を並べて敵の矢を防ぐ一方、十人が艫《とも》と舳先に立ち、敵に向かっていっせいに矢を放ちます。船戦さを知らぬ敵方は、めいめい思い思いに射るばかりですから、その勢いは弱く、しばらくは手も足も出なかったそうでございます。

ところが、陽が中天に昇りましたころから、潮の流れが変わりました。早鞆《はやとも》の瀬戸を、敵の舟はおそろしい勢いで押し流され、お味方の舟へ向かって参ります。

それは私どもにもよくわかりました。つい最前までは、御座船《ござぶね》から見渡したあたりには、お味方の公達や侍大将の召された舟が、ゆっくりと漕ぎまわっているばかりで、眼に入るものはすべて、平家の赤旗でございましたのが、いつからか遠くに点々と、白い源氏の旗をひるがえした小舟があらわれ、しかも、みるみるその数を増して行くのでございます。

一ノ谷の戦さからこのかた、白旗には幾たびもおびやかされて参りました私どもは、それだけでもう、眼の前が真っ暗になるような心持でございました。

ふと見返りますと、二位の尼御前さえ、帝をお胸にしかと抱きしめられて、そのお顔は紙のように蒼ざめてみえます。

それでもお味方は、よく戦われました。小舟を寄せてきては、平家方の舟にとび移り、太刀や薙刀をふるって斬《き》りかかる源氏の荒武者を、あるいは斬り棄《す》て、あるいは海中へ押し落として、必死の働きをお見せになりました。

けれども、これこそ雲霞《うんか》のような大軍と申すのでございましょうか、討たれても斬られても、敵はひるむ色も見せず、あとからあとから、湧き出るように殖《ふ》えて、近々と押し寄せて参ります。

これまでは遠くに聞こえました雄叫《おたけ》びや刃の打ち合う音が、いまはもう、手にとるように近く聞こえ、耳馴れない東《あずま》の訛《なまり》さえ、ときには耳にとびこんでくる有様でございます。

陽が西に傾きましたころには、御座船の間近まで、白旗を立てた舟が漕ぎ寄せ、おそろしげな敵の顔形さえ、看てとれるほどでございました。敵の舟が、めまぐるしく漕ぎまわるのに比べて、お味方の舟は漕ぎ手も楫取《かじと》りも大方は射倒され、波のまにまに漂うばかりでございます。

私どもはすっかり怯えて、これはどうしたものぞと立ち騒いでおりますところへ、新中納言知盛さまが、小舟からひらりととび移っておいでになりました。私どもが走り寄って、戦さの模様をお尋ねしましたところ、知盛さまには声高くお笑いになり、「ほどなく、珍しい東男《あずまおとこ》をごらんになることでしょう」と言い棄てられました。そして、みずから船中を走り廻り、汚れた衣類や食物の残り、そのほか見苦しいものを次々に海へ投じて、あたりをとり片づけられます。

さすがに二位さまは、もはや覚悟を決められたご様子で、鈍色の二衣《ふたつぎぬ》を召され、練絹の袴の裾を引き上げ、神璽《しんじ》をふところに納め、宝剣を腰に帯びられました。ついで今年八歳の帝に山鳩色の袍をお着せ申しますと、帝はふしぎそうに、「これからどこへ行くの」とお尋ねになります。そのあどけないご様子に、尼御前や女院ばかりか、私ども女房の末まで、船も揺れるばかり、どっと泣き出してしまいました。

二位さまは強いて涙をおさえ、「この国は心憂きところでございます。極楽浄土と申しまして、たいそうよいところへお供して参りましょう」と申し上げますと、帝は小さい御手を二位さまのお首にまわし、こっくりとうなずかれます。あまりのおいたわしさに、私はもう怺え切れず、舟底へつっ伏してしまいました。

ほどなく高い水音がして、首をあげてみますと、二位さまも帝も、お姿はございませんでした。

もう、そのあとは、船中は女たちの泣く声叫ぶ声で、この世の地獄かとみえる有様でございました。私は女院にお仕えする身でございますので、海の底へもお供をして参ろうと、女院のおあとから入水《じゆすい》致しましたが、もろともに敵に引き揚げられてしまったことは、御坊がご存知の通りでございます。

三

帝と二位の尼御前をはじめ、知盛さま、教盛《のりもり》さま、まだお若い資盛《すけもり》・有盛《ありもり》のご兄弟など、一門の方々が多く亡くなられました中で、生捕になりましたのは、大臣殿宗盛さまとそのご長子右衛門督清宗《うえもんのかみきよむね》さま、帝とご同年のご次男副将さま、大納言時忠さまなどでございました。女たちは大方、命助かったのでございます。私どもは虜囚として、判官どのに伴われ、都へ連れ戻されることとなりました。

先ごろ、背後に迫る源氏勢の影におびえながら通り過ぎて参りました同じ船路を、この度は囚われの身として、漕ぎ上って行くのでございます。憂き身はいずれも変わらぬとは申せ、事にふれ折につけて、いまは亡き二位さまや帝の御面影が眼にうかび、みなみな、涙に溺れるばかりでございました。とりわけ女院は、いとし児には先立たれ、頼む母君を失くされ、そのお歎きはまことに深く、面変わりするまでに痩《や》せやつれてしまわれましたので、私どもはお命さえ気遣わねばなりませんでした。

泊まりを重ね、やがて船が明石浦《あかしのうら》に着いた夜のことでございます。折から四月十六日で、十六夜《いざよい》の月が高く澄み昇って参ります。先年、西国から福原《ふくはら》へ戻りましたときも、この明石に舟がかりを致しましたが、その折は一門の方々もお顔を揃え、ふたたび平家の世にせんものと勇み立っておられました。無心の月を眺めながらも、その折のにぎにぎしい様子を思い起こしますと、胸もしめつけられるばかり、悲しみがこみ上げて参ります。

女院をはじめ奉り、私どもがしめやかに思い出話にふけっておりましたとき、こちらへ漕ぎ寄せてくる小舟があり、やがて乗り移ってこられたのは、思いがけなく九郎判官義経どのでございました。赤地錦の鎧直垂に烏帽子《えぼし》を召された小具足姿で、あの色白のお顔に優しい笑みをうかべながら、私どもを見廻し、

「日々、ご不自由も多かろうが、都まであとわずかです。今夜は幸い、月も美し

い。いささかご無聊《ぶりょう》をお慰めしたいと、こうして罷り出ました」

丁重なご挨拶です。

義経どののお顔を眼にしたとき、私の胸が高鳴りましたのは、あやしい女心と申すものでございましょうか。一門を滅ぼした憎い仇敵であるはずなのに、なぜかこのお方には、人を惹きつけるところがおありなのです。

侍童が酒肴を運び入れ、敵将もまじえての時ならぬ月見の宴となりました。判官どのに促されて、私どもはそれぞれ、歌をつくりました。いま私が覚えておりますのは、大納言典侍どのの次のお歌でございます。

わが身こそ　明石の浦に旅寝せめ　同じ浪にも　宿る月かな

それは、私どもの心持をも、そのままに言いあらわしておられるようで、聴くなり、あちこちから啜り泣きの声が起こったのでございます。

そのとき、判官どのも二度、三度、この歌を口ずさまれ、いかにも感にたえぬ様子にお見受けしました。それが、勝ち誇った御大将のようでなく、どこかもの思わしげに見えたのでございます。

当時、私は存じませんでしたが、すでに判官どのは兄の鎌倉どのと御仲悪《あ》しくなられ、先行きになにか不吉なものを感じておられたのでございましょうか。そのため、私どもの運命の変転に、ことに心を寄せて下さったのでしょうか。

いずれにせよ、判官どのが勝って傲らず、私どもにまで深いいたわりを見せて下さいましたところから、みなみな、昨日までの恨みも忘れ、武士《もののふ》ながら情ある人よと、好ましく思いましたことは疑いございません。やがて判官どのは私に眼をとめ、「もしや、あの屋島の扇の……」と問われます。名を訊かれて、なに心もなく〈玉虫〉と答えましたが、判官どのが戻って行かれましたあと、侍童を迎えによこされて、私は判官どのの御座船へ召されたのでございます。

はい、もとより拒むことのできる身でもございませんでしたが、それればかりでなく、私としては、二人の間に眼に見えぬ宿世《すくせ》の糸があるように感じ、その糸に引かれるように、判官どののお側へ参り、一夜の契りをこめたのでございます。

十日後の四月二十六日、私どもは都へ入りました。その翌々日からおよそ五月《いつつき》ほど、女院はじめ大納言典侍さま、阿波内侍《あわのないし》さま、それに私など、みな女院の御供をして、実憲律師すなわち御坊の吉田《よしだ》の庵室にお世話になったわけでございます。五月一日、女院が長楽寺《ちょうらくじ》阿証坊の印誓上人《いんせいしょうにん》を御戒の師として、落飾《らくしょく》出家あそばしたことも、御坊のよく御存知の通りでございますから、くだくだしくは申し上げますまい。九月の末にここ大原《おおはら》の寂光院《じゃっこういん》へ移るまで、御坊にはたいそうお世話になりました。

寂光院へ移ってのちは、もの寂しい山里のこと、まして西海に滅んだ平家一門の生き残りとあって、女院の御妹《おんいもうと》の冷泉《れいぜい》大納言北の方、七条修理大夫《しゅりのだいぶ》北の方、それに御坊が旧縁を忘れず訪ねて下さるほかには、訪れる人もございません。それでも、浮世の出来事は、風の便りに私どもの耳まで届くこともございます。大納言時忠さまが、姫君を判官どのに献じて延命を策したこと、大臣殿宗盛さまとご長子清宗さまが近江《おうみ》の篠原《しのはら》で判官どののために斬られたこと、重衡さまの無残なご最期なども、聞き知っております。

はい、判官どのが大臣殿ご父子を伴って鎌倉へ下られましたのに、なぜか兄君鎌倉どのにご対面を許されず、空しく京へ戻られた顚末も耳に入っております。

さて、この御仲違いのもとは、どこにございましょうやら、私に、「思い当たることはないか」とお尋ねでございますか？

さあ、そのお答えになりますかどうか、わかりませんが、御坊もお聞き及びでいらっしゃいましょう、大臣殿の鍾愛《しょうあい》の御子副将さまが、六条河原でお命を落とされたいきさつを。

副将さまは御年ようやく八歳、河越小太郎《かわごえこたろう》と申すものがお預かりしておりましたが、判官どのが鎌倉へ赴かれる直前、河越に命じて副将さまを六条河原へ引き出し、怕れて逃げまわる和子をむりにとっておさえて、荒けなくも頸打たせたとか。

あまりの酷さに乳母《めのと》も介添の女房も、悲しみに気も狂い、やがて若君の御頸を抱いて、桂川に身を投げたと承ります。

副将さまは帝のよいお遊びがたきで、私もよく存じ上げておりますし、乳母の冷泉どの、介添の少納言局《しょうなごんのつぼね》とも、ずいぶん親しくして参りましたので、他人事《ひとごと》とも思われません。いえ、仮に顔も名も知らぬ間柄でございましても、どうしてこれが、心を痛めずにおられましょう。

この悲しい知らせを耳にしましたとき、すぐ私の胸にうかんだのは、あの屋島で、ちらと見かけた判官どののお顔つきでございます。日ごろは武将にも似合わず柔和で、私どもにまで情けをかけてくれるお人、それが一瞬ののちに、日差が変わるようにふと翳って、別人のように酷い一面をあらわし、せでもがなの殺生をなさる。扇の的を射た源氏の若武者の手並を褒めそやして舞い踊る、あの黒革減の鎧着たお侍を、どうして無残に射斃さねばならなかったのか。平大納言時忠さまのお命は助けておきながら、わずか八歳の副将さまを、なぜ殺めねばならなかったのか。

義経どののお心の中には、なにか私どもにはうかがい知ることのできない、暗い淵のようなものがひそんでいるのではありますまいか。平素はおだやかに、人並に過ごしておいでになりますのに、ふとしたはずみに、その暗い淵が口をあけ、狂気ともみえる仕打をお見せになるのではございますまいか。

ご兄弟だけに、鎌倉の頼朝どのには弟御のこうしたご気象をよく呑みこんでおられ、つねに危ぶんでこられたのかも知れません。そのため、あれほどの高名手柄をあらわした判官どのを、ご身辺から遠ざけてしまわれたのではございますまいか。いえ、これはほんの数えるほどしか判官どのにお眼にかかっていない私の、いわば当推量でございます。

でも、いまでも、あの屋島の磯辺で、じっとこちらを睨《ね》めつけておられた判官どのの、夕陽に赤く染まったお顔の禍々しさを思い起こしますと、私は総身に水を浴びたような心持にならずにはいられないのでございます。

摂家将軍

内村幹子

著者プロフィール　うちむら・みきこ◎福岡県生まれ。一九八五年、『今様ごよみ』で第一〇回歴史文学賞受賞。九四年、北九州市民文化賞受賞。北九州森鷗外記念会会員。著書に『もうひとつの小倉』『いちじく』『富子繚乱』などがある。

一

出立の前夜、別離の宴がひらかれた。

宴といっても、事情が事情だけに、ごく内輪に催された。

座は沸かなかった。

今様《いまよう》を歌う者もいない。

みな黙々と盃をふくんだ。

息子の頼嗣《よりつぐ》は、はじめから涙を流し続けた。

頼経《よりつね》は、たしなめた。

「これ頼嗣、『鎌倉殿』が、そのように泣いては嗤《わら》われるぞ」

頼経は自身の鬱屈《うっくつ》を払いのけるように言った。

だが、口ではそう言いつつも、心の中では思った。

（無理もない、鎌倉五代将軍とはいえ、頼嗣はまだ八歳なのだ）

涙をこぼしているこの幼い将軍は、其の前年七歳で妻を娶《めと》っていた。相手は九歳年上だ。有無を言わさず押しつけられたのである。

（わしの場合、妻となった相手は十五歳も年上だった。十五歳も、だ……。親も子も同じような道をたどらされている）

苦い思いをかみしめながら頼経は盃を傾けた。

瓶子《へいし》を持って光村《みつむら》が傍にすり寄ってきた。

「大殿《おおいとの》、さ、一献」

彼は頼経の盃を満たした。

と同時に熱い息が頼経の耳朶《じだ》にふれた。

光村はささやく。

「お案じなさいますな。この私に思案がございますゆえ」

「……」

「しばらくのご辛抱でございます」

見返す頼経の視線を光村の思慮ぶかげな目が、がっきと受けとめた。

輿《こし》があがった。

逞しい男たちの肩に輿は担ぎあげられている。

御簾《みす》が下がる前に空を見上げた。夏も終わりの空である。

頼経は少し吊りぎみの澄んだ目を行列の先を行く武士たちの背に凝らした。馬上に光村の幅広い背を探している。彼だけが頼りだった。前後を固める警固の武士は北条《ほうじょう》側の者たちである。

御簾が下ろされた。

輿の中は仄《ほの》ぐらくなった。少々、むし暑くもある。

行列は進みはじめた。

(わしが二歳で鎌倉に連れてこられたのは七月だったと聞いているが……いま、こうして、わが子と引き離されて、ひとり京に追い返されるのも同じ七月……なんと、哀れな運命《さだめ》か)

頼経は目を閉じた。

二十数年前の同じ季節――。

あのときも、風はなかったらしい。

「ええ、少しばかり汗ばみましたようで」

と乳母は折にふれ言ったものだ。

(その乳母の胸に抱かれていたのだ……このわしは)

鎌倉に近づくにつれ、磯の匂いがしはじめた、と彼女は言った。

女輿から透かしてみると、松並木の向こうに青い水が広がっているように見えた……とも。

「それを、海だと思いました。鎌倉の海だと……」

そう、乳母はのちのちまで頼経に語り聞かせた。

もとよりそれらの光景についての記憶が彼にあろうはずもない。わずか二歳だったのだから……。

二歳の彼が、ものものしく、かつ美々しい行列を従えて鎌倉に入ったのは承《じょう》久《きゅう》元年（一二一九）七月十九日だったという。彼は輿の中で乳母に抱かれて指しゃぶりをしていたらしい。西も東も分からぬ彼は宝もののように、あるいは生け捕りにされた獲物よろしく京から鎌倉に連れてこられたのである。

彼がそういう巡り合わせになったのには、わけがある。そのわけはやや長じてから乳母やその他の者の口を通して知った。すぎ越し方を思い起こすにつけ、まず一人の女人の姿が閉じた瞼《まぶた》の裏におぼろに立ち顕《あらわ》れる。

尼将軍──政子《まさこ》。

源《みなもとの》頼朝《よりとも》の後室である。彼女は、彼がまだむつきにくるまっていたときから養育した。なにか事が起こると、彼を膝の上に抱きながら御簾の内にあって、政《まつりごと》を聞いたから、事実上の「鎌倉殿」、すなわち将軍は彼ではなく、政子だったのである。こういうことから人々は政子を「尼将軍」と呼んだ。公卿として育つべき運命をねじまげてしまったのは、実は彼女なのだと、頼経はいまでも思っている。

ところで、彼が二歳で鎌倉に連れてこられたいきさつだが——。

話はさかのぼる。

政子の実子、鎌倉三代将軍実朝《さねとも》は、夫人を京から迎えているが、結婚して十数年もなろうというのに、子に恵まれなかった。それゆえ、政子とその実家の北条氏においては将来の将軍として幕府のために、また北条氏のために、適材を考慮せざるを得なかった。彼らは密議をこらした。

こうして浮上したのが将来の将軍には皇族を奉戴するという案である。

政子は実朝がまだ存命中の前年に表面は熊野《くまの》三山の参詣と称し、海道の春光を浴びて上洛の途についた。熊野三山の参詣を終えて、高野霊場を巡り、ようやく京に旅装を解いたのは、青葉薫る初夏のころである。

政子は藤原兼子《ふじわらのけんし》（卿二位）に面会を求めた。

藤原兼子は後鳥羽《ごとば》上皇の乳人《めのと》である。上皇の乳児時代から付き添ってきた女だ。

だれよりも上皇の気ごころをよくのみこんでいる。上皇に願いごとのあるときは、兼子にまず頼むと、たいていは叶《かな》えられた。

政子と兼子は六波羅《ろくはら》の館で会った。

政子は切り出した。

「将軍家に跡継ぎがございませぬ。後鳥羽上皇さまの皇子のうち、どなたかを鎌倉に下していただけないでしょうか」

兼子は言った。

「鎌倉は遠すぎますのでねえ」

「そこを、なんとか」

「ま、どうしてもということであれば、六条宮《ろくじようのみや》か冷泉宮《れいぜいのみや》あたりでしょうかねえ」

兼子は実は莫大《ばくだい》な贈りものを受けとっている。そこは政子に抜かりはない。

結局、このとき内諾を得ている。

そして、これから七か月後、将軍実朝は鶴岡八幡宮《つるがおかはちまんぐう》社頭で暗殺されたのである。

実朝を殺した犯人がだれであれ、後鳥羽上皇にとっては、将軍家の断絶は思うつぼだったようだ。上皇は、内約の実行を嘆願する政子からの書状を手にし、嗤ったという。

「皇子を将軍になどと、なにを虫のいいことを」

前約を翻し、皇族の鎌倉下向を許そうとはしなかった。

「二人の宮が東西に並ぶと、日本が二つの皇統によって分断される騒ぎになりかねない」

というのが理由である。

そればかりか、摂津《せっつ》の国の長江《ながえ》、倉橋《くらはし》両荘園を支配する地頭をすぐさま罷免せよとの要求を突きつけてきた。

こうして交渉は難航、暗礁に乗りあげた。幕府は地頭廃止と皇族将軍問題を取引することなく、地頭職保障の姿勢をつらぬいた。そのかわり、皇族将軍はあきらめ、摂政、関白を歴任した九条道家《くじょうみちいえ》の子、わずか二歳の彼——三寅丸《みとらまる》を四代将軍に迎えることで話がついた、というのが事の顚末《てんまつ》だと聞き及んでいる。

三寅丸——頼経の幼名である。寅年の正月、寅の日の寅の刻に生まれたので、この名が付けられた。

三寅丸の母系が頼朝につながっていることを理由として強引に彼を「鎌倉殿」に迎えることにしたのである。

実朝の死後、すでに半年以上が経っていた。血がつながっているとはいえ、頼朝の異母妹の孫の息子にあたるという、まことに細い細い縁《えにし》があるにすぎない。武門とは関わりもない摂政、関白の家筋に生まれた、つまりは公卿の子である。実朝の死を好機に幕府の譲歩をかちとり、その自壊への歩みを早めさせようとした後鳥羽上皇の政策は失敗した。

(承久の乱は、考えてみれば、上皇の幕府に対する挑戦として起こったと言えるかもしれない)

と彼は思う。

ともあれ、乱が起こった承久三年五月、彼は四歳であった。乱のことなど分かろうはずもない。

政子という老女の膝の上で、鼻くそをほじっていたかもしれないのだ……。

彼の追憶を醒ますかのように輿が大きく揺れた。

二

川を渡った。

輿はにぎやかな宿駅に着いた。

宿所は貧弱な構えであった。

（ふん、このような粗末なところに泊まれというのか）

頼経は内心、毒づいた。不満の色が青白い面上に露わに出ている。

輿から出ても光村の姿が傍近くあらわれない。

（どこに行ったのだろう）

なにもかも苛立《いらだ》つことばかりだ。

行列を奉行する北条側の見せた扱いも冷たく素っ気ない。

頼経は唇をかんだ。

後鳥羽上皇は北条に盾ついた者として乱後、隠岐《おき》の島に流されたあげく、先年、彼の地で亡くなられた。流刑は十九年間に及んだのである。

（わしも似たような身の上……遠島に流されないだけでも、ありがたく思わなければならないのか……）

指示された粗末な部屋に落ち着いても、光村はいっこうに姿をあらわさない。

とにかく、湯に入り、夕餉《ゆうげ》をすませ、早々と臥床に身を横たえた。

（ああ、今夜は眠れそうにないな）

そんな予感がする。

はたして――。

目が冴《さ》えた。

(光村はどうしたのだろう)

さっきから、そのことばかりを考えている自分に気づいた。

半刻も経ったころ、その光村がしのびやかに部屋に入ってきた。

近々と寄ってきて、たずねた。

「大殿、お寝みですか」

「……う、うむ」

「北条の家臣に野暮用を押しつけられ……心ならずもお傍を離れましたこと、おゆるしを……」

紙燭《しそく》の火が光村の広い額に汗を浮かび出させていた。

彼は言葉を続ける。

「おみ足を、おもみしましょうか」

「よい、さがれ」

声はとがっていた。

頼経はすねている。

光村は出て行かない。

そのままじっと座していたが、やがてそろそろと衾《ふすま》の中に手を差し入れると、頼経の足をもみはじめた。

ひととおり、もみおえた。

それ以上のことはしなかった。

昔のように小犬のじゃれ合いにも似た狎《な》れ狎れしさを覗かせることはなかった。

頼経は光村の心の明滅を探っている。機嫌はもう、なおっていた。

「よいぞ、光村、さがってよいぞ」

おだやかな声を聞いて、光村は安心したようにしずかに出て行った。

頼経は瞼を閉じたが、眠られそうにない。

上皇も隠岐の島で波の音を聞きながら眠れぬ夜々をすごされたことだろう。

頼経は輾転《てんてん》反側した。

すぎ去った日々が脳裏をかすめていく——。

執権、北条義時《よしとき》が急死したのは元仁《げんにん》元年（一二二四）六月のことであった。

（わしは、やはり、まだ幼かった……）

政子は、京都に滞在中の義時の嫡子泰時《やすとき》を呼び戻し、彼を執権に任命した。しかし、これを喜ばない者がいた。義時の後妻の伊賀《いが》の方である。彼女は、自分と義時との間に生まれた政村《まさむら》を執権にし、娘婿の藤原実雅《さねまさ》を鎌倉に迎え将軍にしようとした。

そして政村の烏帽子《えぼし》親をつとめた三浦義村《みうらよしむら》にわたりをつけ味方に引きこんだ。

政子は彼――七歳になった三寅丸の手を引いて三浦屋敷に乗りこんだ。

義村は驚いた。

政子は単刀直入に切り出した。

「そなた、泰時を排そうとの企みをすすめているそうなが、まことか」

「いえ……それは風評でございましょう」

「では、泰時の側について盛りたててくださるか……反対の側について乱を起こすか……この三寅丸ぎみをどうする気じゃ」

激しい剣幕で義村に迫った。

「そなた、その幼い源家の跡継ぎの胸が刺せるか、刺せるものなら、刺してみよ」

その気迫に義村は屈服した。

政子の気迫のすさまじさは供の者の口から伝えられ、人々は息をのんだものだ。伊賀の方のもくろみは失敗に帰した。彼女らは流罪となり、この陰謀は落着した。

「……刺してみよ」

と、この体を背後から抱きかかえて三浦義村にぐいとさし向けたときの政子の腕の力だけは、いまもおぼろげながら覚えている頼経だ。

（あのとき、義村に刺し殺されていたら……）

運命は紙一重の差で、どうなるか分かったものではない、とつくづく思う。

政子は彼が八歳のときまで生きていた。幼児の記憶は淡いが、それでもこの女がごつごつと瘦《や》せた体つきだったような気はする。

政子の死は弟義時の死の翌年。七十歳であった。

それから四か月後の嘉禄《かろく》元年十一月、彼――三寅丸は元服し、頼経と名乗った。

翌年正月二十七日、将軍宣下があって正五位下、征夷大将軍、兼右近衛少将に任じられ、名実ともに鎌倉の主となった。

鞠子《まりこ》と結婚したのは、わしが十三歳のときだった。相手は二十八歳……十五歳も年上の女との結婚は不自然だ。年が開きすぎる。迷惑千万だったが、有無を言わさず押しつけられた……)

婚約したのは四歳のときだったと聞いている。尼御台の意向であったという。その一事をもってしても、いまだに尼御台を好きになれない。

鞠子は「竹の御所」と呼ばれ、二代将軍頼家が側室に産ませた女であった。源氏の正嫡がいなくなったいま、鞠子の胎《はら》から産まれた子だけが、かろうじて頼朝の血を伝えることになる。

尼御台政子はそこに目をつけたのだ。政子が死んでも、婚約は解消されなかった。

婚礼の時期は少しずつ近づいてくる……。

近づいてくる……。

頼経にようやく浅い眠りが訪れた。

三

「湖だ!」

「美しいのう」

警固の武士たちの声が伝わってくる。

松並木が続く。

行列は浜名《はまな》湖畔の橋本宿《はしもと》に着いた。

輿は、とある宿所に入った。

夕餉が終わると、光村が遊女を三人呼んだ。この宿駅には色を鬻《ひさ》ぐ女の住処《すみか》が軒を並べているようだ。女を呼ぶについては、行列を奉行する北条側に光村が頭を低くして頼みこんだらしい。そうでもしなければ、北条側が承知するはずがない。頼経の鬱屈を慰めようとする光村の心遣いが痛いほどわかる。

女は歌い、かつ踊った。

住吉四所の　お前には
顔よき女体ぞ　おわします
男は誰ぞと　尋ねれば……

「大殿、さ、一献」

光村が酌をする。

だが、酒を飲んでも、歌を聞いても、頼経の心は晴れない。

歌い、踊っている遊女は、声も所作も艶《つや》っぽいが、どこか険のある顔立ちだ。

頼経の視線がその顔にとまった。

(鞠子に似ている……)

ふっと、そう思った。心のひっかかりは、穴のように深く広がっていく。

光村がゆったりした頰《ほお》に笑みを浮かべながら、その遊女と一夜をともにするよう勧めたが、頼経の気持ちはそそられなかった。

ひたすら、盃をふくんだ。

(思えば、わしは婚約時代から、鞠子には昵《なじ》むことがなかったような気がする……)

遊びざかりの彼が馴れ親しんだのは、取り巻きの近習たちである。とりわけ、年長の光村であった。

光村——三浦義村の三男である。近侍する者たちの中でも、別して光村がお気に入りだった。

駒若丸《こまわかまる》。それが彼の幼名である。三代将軍実朝を暗殺した公暁の弟子となっていた少年時代もある。

その光村が頼経の友人であり師匠格となったのだ。

光村は少年の頼経をどこにでも遊びに連れ出してくれた。角力も泳ぎも教えてくれた。主君のわがまま、気ままな腕白ぶりをあやすようにしながら、彼は愛情をもって接した。

愛情——光村の舌と指が、この自分の裸身をすべっていったのは、いつだったか。初めての体験に頼経はうめいた。

光村の軀《からだ》にとりすがり、もだえた。

「一晩中、一緒にいたい……光村」

「若ぎみ、それはなりませぬ」

光村は軀を離した。

「じゃあ、今度はいつ？」

「近いうちに」

「きっとだよ」

彼は光村の隠微な愛撫のとりこになってしまった。

光村は駒若丸と呼ばれていた鶴岡八幡宮での稚児《ちご》時代、公暁に愛された仲だったと知った。

将軍実朝を討った公暁がその首級《しるし》を抱えて乳母夫である三浦義村邸に逃げこもうとしたとき、駒若丸は彼の命乞いを父義村にした。

「父は拒否し別当どの（公暁）を討たせてしまいました」

その話を光村は無念げに語った。

頼経は女色も覚えている。添い寝《ぶ》していた侍女の楓が少しばかり胸をはだけていたのだ。夢うつつに手を差し入れ、胸乳にふれた。そのときは無意識の仕種だったが、やがて無意識ではなくなった。楓は軀を開き、己の秘所に彼を導いた。

頼経が目に見えて不機嫌になっていったのは、鞠子との婚儀が目前に迫って、もう逃れようもなくなってからである。

寛喜《かんぎ》二年（一二三〇）十二月九日。その逃げられない日が訪れた。女色を知ったとはいっても、婚礼の夜、鞠子と肉体的な結びつきをする気分にはなれなかった。

そういう夜がしばらく続いた。

鞠子は臥床の中でも横を向いたままである。彼女は決して醜い容貌ではなかった。彫りの深い顔立ちである。だが、初々しいとか、愛らしいといった感じはまったくなかった。

(二十八歳にもなるまでには、心を通わせていた男がいたかもしれない)

頼経はふと、そんな大人びた思いを抱くことがあった。相手が気の毒な気もした。

年が明けた。

依然として形ばかりの夫婦関係が続いた。

鞠子は相変わらず素っ気ない。

ある夜——老女が別間でしつこく頼経に酒を勧めた。その後で、ささやいた。

「御所さま、おなごの軀には、それぞれに違った楽しみや快さがございますよ」

老女の手が、寝衣に着替えた頼経の下腹部にふれた。しなびた手がその部分を上下にすべり、撫でた。

頼経は呼吸を荒立てた。全身の血がうずいた。

「さ、御所さま」

背を押されるようにして寝所に連れこまれた。

老女の手は臥床に横たわっている鞠子の肩を素早く押さえこんだ。

そして、きびしい口調で言った。

「御台さま、いつまでも気ままはなりませぬぞ」

それから頼経に向かって励ますように言う。

「御所さま、さ、はよう……思いっきり、なさいませ。お馬に乗る調子で……」

その声に誘われるように頼経は鞠子の寝衣の裾を掴んでさっと開いた。

侍女の楓と同じような女の部分があらわれた。その部分に向かって、ぎごちない動作を繰り返した。

「そう、存分に……御所さま、もっとお腹を深く沈めて……そう……そのように……」

老女の湿った声が降ってきた。

それから時折、鞠子と躯を一つにした。だが、正直いって楓との交わりのほうがずっと良かった。

光村との交わりもまた別の趣があって捨てがたかった。

「はよう、和子さまがお生まれになりませぬと……将軍家として大切なことは、跡継ぎをおつくりになることですから」

老女はあからさまに言い、鞠子との夜を過ごさせたがる。

だが、鞠子はなかなか妊《みごも》らない。甘く楽しい語らいなどないまま、それでも老女に促されるようにして鞠子を抱く夜々を送り、迎えた。

三年が経った。

頼経は背丈も伸び一段と大人になった。

そういうとき、鞠子が妊った。彼女は濃く化粧しても、やつれが目立った。悪阻《つわり》もひどかった。

懐妊五か月で儀礼どおり帯を巻いた。練絹で一丈二尺の帯である。これを僧が加持をして妊婦の左の袖から入れて夫である頼経が結んだ。結びつつ思った。子が産まれれば鞠子もやさしく打ち解けた笑顔をみせるだろうと……。それを心だのみにしている。十五年も年上の女の心を解きほぐす術を頼経は知らなかった。

文暦《ぶんりやく》元年（一二三四）七月、鞠子はだが難産のため、胎の子ともども死んだ。

（わしの巻いた帯に心がこもってなかったのだろうか。安産は願ったのに……）

しばらくの間、その思いで心がふさがった。婚礼の日から数えて四年後のことであった……。

浜名湖畔の宿所の夜はすでに更けている。

気がつくと頼経は臥床に横たわっていた。

思いがけない近さから光村がじっと覗きこんでいる。

さきほどの遊女たちは退出したらしい。

「大殿、ご気分は？」

「飲みすぎたようだの」

頼経は弱く笑った。

そのあと、身をよじり、口を突き出した。

「のどが、乾いた」

「は、心づきませんで……」

言いさして光村は口うつしに少しずつ、少しずつ頼経に水を含ませた。

昔のとおりのやり方だった。

頼経は目を閉じた。

深い沈黙がきた。

しばらくして目をあけると、光村はもういなかった。

四

頼経の一行はさらに進んでいく。

今日はまた、いやに輿が揺れた。坂道が多かったせいか。

ようやく尾張《おわり》の萱津《かやづ》宿に着いた。まだ、充分に、明るさをたたえている晩《おそ》い夏の夕べである。

輿を降りると大きな家の中に入った。この辺りでは格が高い宿所らしい。庭には泉水があり、築山もある。

土地の地頭から名代の武士がきて、到着をねぎらうとともに、道中の無事を祈りあげるという口上を述べた。口上は丁重をきわめた。こちらは失意の身である。道中みじめな思いをしてきただけに、地頭の名代の口上は満更でもなかった。

宿駅ごとに、土地を支配する地頭、その他の宰領によって、心遣いにも差があるようだ。行列を奉行する北条側の鼻息を窺《うかが》わねばならないのは勿論《もちろん》であるが……。

ともあれ、頼経はやや心なごむ思いで湯浴みをした。

夕餉をすませると、光村が言った。

「笛でもお吹きになりませぬか」

頼経は首を振った。

光村が気遣わしげに問う。

「お疲れで？」

「腰が、ちと、だるいわ」

「は……では横におなりなされませ。おもみいたします」

「うむ」

用意された臥床に光村は頼経を抱くようにして横にさせた。

頼経は白目の冴えた眸《ひとみ》に薄い笑みを浮かべた。

かつては光村の手、指が愛撫してくれたものである。

頼経のほうから光村の軀にむしゃぶりついたこともある。

それは奇妙な妖《あや》しい悦《よろこ》びと快感をもたらした。身体の中からしぼり出されたものが、のたうって一気に噴出していく。身内を貫く異様な痙攣《けいれん》……。いままで味わったことのない体験であった。

その交情の日々を、いつとはなしに意識下に深く押しつぶしてしまうことになったのは、鞠子の死後、京から側室に迎えた大宮局の魅力であった。

局は中納言二条親能《にじょうちかよし》の姫である。彼女は抱けば溶けそうな軀をしていた。よく撓《しな》う軀で頼経の欲望を受けとめた。

(京の女は、いい……)

頼経は惑溺《わくでき》した。

正室鞠子が亡くなってからというもの、頼経は頭のうえの重石がとれたような心地がしないでもなかった。身も心も伸びやかになったのは否定できない。

大宮局は妊った。

「私、産んでもよろしいのでしょうか」

たおやかな腰をひねって、局は視線をからみつかせてくる。

「当然ではないか」

「でも、執権さまが、どう思召《おぼしめ》すか」

「そのようなこと、心配せずともよい」

局の柔らかい顎《あご》を持ちあげるようにして、ささやく。

そして、頼経はまた儀礼どおり局の腹に五か月の帯を巻いた。源氏の血が、もう、ほとんどまじらない腹の子のために心をこめて、だ。

局は無事、出産した。男児である。

頼経は相好を崩して喜んだ。

「でかしたぞ、よくやった」

産所に駆けつけ、局の手を握った。

男児出産で祝の品を頼経に贈る者はかなりいた。奇妙だったのは、その筆頭に北条一族の一派、名越《なごえ》流北条光時《みつとき》がいたことである。

（はて、なぜ、名越流北条光時が？）

意外な気がしないでもない……。

尾張萱津宿での夜は深くなっていく。

寝所は静かだ。

「光村、もうよいぞ」

頼経は腰をもむ光村を去らせたあとも、なお思いをたどっている。

北条泰時が死んで、孫の経時《つねとき》が執権職を継いだのは、いつだったか。

（そうだ、あれは仁治《にんじ》三年だったな。わしは相変わらず儀式の席などに形式的に、人形のように、引っぱり出されるなんの実権もない存在だった……）

面白くなかった。

北条側は頼経に新邸を造営して与えたが、これにちゃんと監視をつけるのを忘れなかった。彼らには臣従するつもりなど毛頭ないのだ。

頼経は「将軍」という名の道具にすぎない。しかし「道具」とはいえ、二歳で鎌倉の将軍に迎えられてから二十余年が経つ。頼経はすでに理非をわきまえた青年であった。

いかに政務の実際から切り離された存在であるとはいえ、「鎌倉殿」という地位はやはり重く大切である。その在職期間が長いだけに、彼の周辺に武士たちの集団が形づくられ、一つの政治勢力になっていくことは避けられない情勢であった。

それらの集団の中には頼経の側近として京から下ってきていた貴族や僧侶がいる。また、名越流北条光時をはじめ三浦氏の庶系の者や有力御家人の庶子もいる。彼らは執権の座がゆるがぬかぎり、陽の目を見ることができそうにない者たちであった。

名越流北条光時は言ったものだ。

「御所さまは将軍ではございませぬか。北条に頼らず、自ら政治を行うべきです」

そう煽《あお》ったばかりでなく、具体的な案を立てたりして頼経に「事」を起こすよう勧めた。

この名越流北条家というのは、北条一族でありながら族長である北条泰時には昵《なじ》まなかった。

反対に頼経に親昵《しんじつ》、接近した。

実に、急速に近づいた。いわば将軍派の筆頭とも言える。

光時は弁舌さわやかだった。頼経になにを聞かれても明快に説明した。

各武将の性格から、それぞれの利害関係、先の見通しまで分析してみせた。

頼経をとりまく一団も大いに気勢をあげる。

「御所さまを擁して、われわれが正しい政治を推進していかねばならぬ」

「そうだ。古い有力御家人たちは将軍のことを忘れている。彼らの目をさまさせなければ……いや、さまさせてみせる」

「まず、理非成敗権を執権から将軍に取り戻さなければ……」

頼経は愉快な微笑を頬にのぼせた。

こういう話が、いちばんうれしかった。

(わしは、彼らの説得と励ましとによって、北条への依存から脱却しようと考え始めたのだった…)

頼経は寝返りを打った。

眠れない。

目は冴えるばかりだ。

過ぎ去った日々の思いがとめどもなく浮かぶ……。

彼ら側近たちは自身の自立を図るためにも頼経を中心に据えて将軍権力を回復する必要に迫られていた。

側近集団のひそかな行動が推しすすめられた。

頼経の心に現実への密着感が湧いてきた。

(明るい見通しのようだ)

頼経は熱くなった。

光村が目の奥に光をたたえて言った。

「兄の泰村《やすむら》にお味方するよう、口説いてみます」

「うまく、いくか？」

「必ず、なんとか」

気負った声である。

一途《いちず》に頼経を押し立てようとする気迫が表情や動作の一つ一つに満ちている。

鎌倉の争乱では、三浦氏の動向は大きな意味を持つといっていい。

だから三浦泰村がこの陰謀に加担すると約束したときは、頼経は躍りあがって喜んだものだ。

「見ておれ、北条め」

白い顔に血をのぼらせた。

泰村は弟光村の誘いの言葉を聞きおわると、深くうなずいたという。

「よろしい」

厚い唇を動かして引き受けたのである。

彼は幕閣の中でももっとも勢力を持つ豪族である。

三浦半島に大兵力を擁している彼は、いざというときには、いつでも全兵力を隣接する鎌倉に押し出すことが可能だ。

（よし、あとは、ただ機会を待つだけだ）

頼経は楽しい焦心でそれを期待していた。

（だが、わしが描いた計画が一瞬にして掻き消されたのは、それからわずか後のことであった……）

なぜか――。

執権経時が陰謀を察知したからだ。

経時十九歳。血気さかんで、敵ながら俊敏であった……。

（くそっ！　きやつめが、きやつめが……）

憎悪が胸にたぎった。

頼経はいつしか衾《ふすま》を踏みしだき、闇《やみ》の中で、くわっと目を見開いていた。

五

輿はまた一つ坂を越した。

頼経の胸は苦く苛立つ思いに浸されている。

(京に帰って、父にどのような顔を合わせればよいのか……。わしは功を焦りすぎたのだろうか)

輿の中で爪《つめ》を嚙《か》んだ。

渋い顔になった。

父、九条道家は京都政界きっての権勢家である。

父には父なりの立場があるに相違ない。

道家は鎌倉幕府の内紛つづきを横目にみて、後嵯峨《ごさが》天皇をわずか四年で退位させ、後深草《ごふかくさ》天皇を位につけると、わが子実経《さねつね》を摂政にしていた。

そればかりか、西園寺公経《さいおんじきんつね》の死後には関東申次《もうしつぎ》の役を独占し、宮廷政界を掌中にしていたのだ。関東申次というのは、幕府と朝廷との仲介をする役職である。

ところで、北条経時は用意周到、果敢な男でもあった。

寛元《かんげん》二年（一二四四）――彼は頼経に迫ってはやばやと将軍職をその子頼嗣に譲らせてしまったのだ。頼嗣は、頼経が大宮局に産ませた子で、六歳であった。このことで、頼経に与《くみ》する将軍派は打撃を蒙った。

さらに翌三年、北条経時は痛打を放った。――天地相去るの日、先例ありと言えども、ほとんど甘心せず――という凶日を押して、自分の妹檜皮《ひわだ》姫と新将軍頼嗣との結婚を強行したのである。新郎七歳、新婦十六歳という異様な新夫婦ではあった。

北条側は、この婚儀を有りがたく思えと言わんばかりの態度だ。

頼経は身体が熱くなった。

この婚儀には反対だったのだ。頼嗣の妻は京から迎えたかった。関東の女には、もう懲りている。

頼経はいろいろと口実を設けて婚儀を先に引き延ばそうとした。某月は都合がわるい、某月は縁起がよくない、で時日を遷延した。その甲斐もなく、押し切られた。

（なんということだ。北条ずれの女を妻に娶らされるとは……）

顔はおだやかに怒りを隠しつつ、彼は結局は相手の傲慢《ごうまん》な力に崩れるしかなかった。

(拒絶したら、どんなに小気味よいか)

それができないのだ。弱者が覚えるあの理不尽な被圧迫感に他ならない。

こうして北条氏は、将軍家外戚の地位を回復したのである。

頼経はともすれば萎《な》えそうになる心にムチを当てる思いで気力を振るい起こそうとする。

(わしの企ては一応、頓挫《とんざ》した。だが前将軍という名は、捨てたものではない。わしは隠居しても、前将軍としてのそれなりの権威は御家人たちに対してまだ有しているはずだ)

壮齢二十七歳を迎えて、頼経はまさにこれからという若さでもあったのだ。

「わしは、諦めないぞ」

名越光時や三浦光村と謀反について語り合うとき、心が昂《たか》ぶった。

「見ておれ、経時め」

唾吐くように言葉を投げつけた。目は熱病のように光を帯びている。

寛元四年、異変が起こった。執権経時が急死したのである。経時の弟時頼《ときより》が家督と執権の地位を継いだ。

前将軍派は、がぜん息を吹き返した。ここぞとばかりに動き出したのである。

頼経には幸せな運がこちらに歩いてきているように思えた。

（今度こそだ。今度こそわしに陽はあたる）

心にうなずき、己の未来の幻像に陶酔した。

だが、北条時頼は兄経時以上に果断であり、腕力の持主でもあった。

前将軍派の動きはまたもや執権派に探知されている。

時頼嗣立から十八日後の夜――。

鎌倉に、時ならぬ風雲がまきおこった。

轡《くつわ》の音がひびく。

蹄《ひづめ》のざわめきが聞こえる。

完全武装した騎馬武者三騎、五騎、十騎、二十騎が出現し、潮鳴りにも似たどよめきを起こして街中を駆け回るという騒動が突発したのである。

頭上に星のまたたく若宮大路を、いずれの兵とも分からぬ新たな一団も押し出してきて、松明をふりかざし、喊声《かんせい》をあげ、馬を飛ばせる。鉦《かね》、法螺《ほら》、押し太鼓の音が湧きあがる。

そして……嘘《うそ》のような静寂が薄明の中に訪れる。

人影はもういない。

こうした騒動が数夜に及んだ。

これは執権派の示威である。

その効果はあった。

（わしに与する者の中には、おじ気づいて本領に引きあげる者もあらわれる始末だった）

士気沮喪《そそう》する前将軍派にダメ押しの一撃が加えられた。

北条勢が鎌倉七口の切通しを占拠して往来を遮断したのである。若宮大路の中央部に位置していた頼経の御所も包囲された。

頼経は唇の色を白くした。

（あれで勝敗は決したのだった。わしに与する者たちは、自分の館に閉じこめられるハメになり、相互の連絡もとれない状況となった。だから……わしも彼らも北条勢に対して三浦党が起《た》って反撃してくれることを待ち望んだ……）

その三浦泰村は、ついに起たなかった。彼は慎重論をぶった。これに対して弟の光村は挙兵反撃の強硬論を主張してやまなかった。

三浦党が起てば前将軍派の面々も続いて起ちあがるに違いない。勝ち目がまったくないわけでもないではないか——と。

三浦館での兄弟の激論は十日の余も続いたと、頼経はあとで聞いた。

日を経て、執権時頼の家臣が武装した一隊を引き連れて頼経のもとを訪れた。きたな、と頼経は思った。五体の震えがとまらなかった。

「わしを、殺すつもりか」

狼狽《ろうばい》と絶望の渦に巻きこまれながら頼経は口走った。

相手は首を振って答えた。

「大殿に対して、そのようなことができましょうか」

大殿——なるほど、わしは前将軍であった。わしを殺せば、どうなるか。きやつらは大義名分を失うだろう。父も京都政界も、黙ってはいまい。

(朝廷の政治を実際に動かしているのは父、九条道家なのだから)

頼経は少し落ち着いた。

相手は続ける。

「執権は元どおりの、なごやかな関係をお望みです」

言葉は飾っているが、要するに屈従を勧めにきたのだ。

（くそっ、時頼め……なにが、なごやかな関係だ……こうやって、わしを輿に押し込めて、京に追い返すのが、なごやかな関係だというのか）

思い出しても腹立たしい。

頼経の額にたて皺が刻まれた。

輿が揺れた。

道は下り坂にかかっているらしい。

六

頼経を乗せた輿は京に近づいている。

頼経は御簾を上げさせた。視界に稲田が広がっていた。稲田に働く人々の姿が小さく見える。

平和そのものだ。

（わしとても平和は望んだ。ただ、その中に自分の存在というものを主張したかっただけだ）

稲田の上を風が吹きわたる。

畦《あぜ》で子供が遊んでいる。

ふと、わが子頼嗣のことを思った。

（あの事件は終わったが……わしはわが子と離れ離れにさせられて、京に追い返されようとしている……頼嗣よ、おまえだけは無事でいてほしい）

頼経は吐息をついた。

稲田を過ぎ小川を渡ると、御簾を下ろさせた。にぎやかな通りが、目の前に迫っている。

宿駅についた。ここの宿所は立派な構えである。

これまでのどの宿所より整った調度品で室内は飾られてあった。

土地の有徳人の丁重な出迎えがあり、頼経は驚きつつも客間にくつろいだ。有徳人から絹や黄金などさまざまな献上品があった。聞けば頼経の父、九条道家の恩顧を蒙っているとの挨拶である。行列を奉行する北条側にもぬかりなく手は打ってあるらしい。行き届いた有徳人のもてなしぶりである。

そういう扱いに、わるい気はしなかった。

その夜は有徳人の勧めで遊女を呼ぶことになった。

女たちが席に侍って宴が華やかにざわめいて盛りあがるのを見届けるや、有徳人は心得たように座を退出していった。

数人の女たちの中で、肌がふっくらと柔らかそうな女が頼経に流し目をくれつつ声をはりあげ、踊る。

京のおなごは　放しゃせぬ
どこに惚れたと　問うたれば
三国一の　お腰のものに　惚れた
お腰のもの　お見事よ　こなしもお上手
えいさ　よいさ　よいさあ

女は扇を擬しつつ腰をくねらせて乱れ舞う。

(この女は色を売る……まあ、それはよい……だが、許せぬのは三浦泰村だ。わしとわしの同調者たちを北条時頼に売りおった……)

三浦党だけはお構いなしと約束させたのである。

名越流北条光時は所領を没収されて伊豆に配流され、その他の者もそれぞれ所職を解任された。

（そして、旗印だった前将軍……このわしは京都に追い返されることになった）

頼経は唇を噛んだ。

三浦光村は兄の振舞いを詫びながら、頼経の京への供をみずから買って出た。

道中の北条側の冷淡、横柄な態度にも身を屈しているのが窺える。

（光村だけか……わしについてくるのは……）

頼経は盃を手にしつつ視線を光村から女に向ける。

女は一段と声をあげて歌い、舞う。

逢う夜は　人の手枕
来ぬ夜は　己が袖枕
枕あまりに　床ひろし

女は敷物の上に倒れ伏し、身もだえした。

頼経は盃をおいた。

光村は目を伏せつつ、女と一夜をともにするよう勧めたが、頼経は首を振った。

「女は要らぬ、要らぬぞ」

女たちは退出していった。

頼経の身のうちに棲《す》みついた飢えが苛立たしく駆けめぐりはじめている。

光村がたずねた。

「では、御寝《ぎょし》なさいますか」

「うむ」

白綸子《しろりんず》の寝衣に着替えた頼経の背に、光村は右手を回しながら抱きかかえるようにして臥床に横たわらせた。

衾をかけようとした。

そのとき――

頼経の掌がいきなり光村の袴の脇にすべるように差し入れられて彼の股間に伸びた。

「大殿」

光村の掌が遠慮がちに頼経の掌を防ごうとする。

そうはさせじと頼経は掌に力をこめ、くぐもった声を漏らした。

「よいではないか」

光村の激しい息づかいが頼経にふりかかった。

（わしについてくるのは、この光村だけ……）

その思いが悲しく、うれしい。

二人は相擁した。

互いに声を漏らし、熱い精気を噴出させた。

七

輿は粛々と京に着いた。

頼経は六波羅北方探題の北条重時《しげとき》の京都若松邸に入った。

衣服をあらため御簾の内にくつろいだ頼経に対し、光村は涙を流して言った。

「必ず、いま一度、大殿を鎌倉に迎え入れますほどに」

彼は、いまなお北条討伐の意図を捨ててはいなかったのである。

「光村、そちだけが頼みじゃ」

頼経は目をしばたたく。

「父ぎみ、道家さまとは、私が連絡をとって種々、図りますゆえ、おまかせを……」

光村は自信ありげにささやく。

ほどなく彼は鎌倉に帰った。

頼経を京に追った執権時頼の粛清の手は、その父、九条道家にも及んだ。時頼は道家を除くため朝政の刷新を求めて関東申次を更迭、西園寺実氏《さねうじ》を任命した。道家は多数の起請文などを書いて弁明に努めたが、その効はなかった。摂政も道家の子の実経から近衛兼経《このえかねつね》にかえられた。

道家の権力は凋落した。

時頼の粛清の仕上げは雄族三浦氏を倒すことであった。

三浦光村は頼経が京に追い返された翌宝治《ほうじ》元年（一二四七）、執権時頼の外戚、安達《あだち》氏に攻められ、兄泰村をはじめ一族近親五百余人とともに頼朝の墓所法華堂において自害した。三浦氏は亡んだ。

頼経の子、五代将軍頼嗣がわずか十四歳で将軍職を廃され、父のあとを追うようにして京に追い返されたのは、建長《けんちょう》四年（一二五二）である。

こうして二代、二十数年間にわたる摂家将軍は終わりを告げた。

五代将軍に代わり、六代将軍として鎌倉に下向したのは宗尊《むねたか》親王である。年十一歳。後嵯峨上皇の第一皇子である。北条氏は念願の皇族将軍をここに実現させた。

ちなみに、摂家将軍頼経の死は康元《こうげん》元年（一二五六）八月、頼嗣の死は同年九月であった。

ひと月ばかりの間に相次いだ父子の死には、毒殺の噂《うわさ》が流れたという。

時政失脚

桜田晋也

著者プロフィール　さくらだ・しんや◎一九四九年、北海道生まれ。八〇年に小説「南朝期」を発表後、歴史小説執筆の道に入る。著書に『足利尊氏』『明智光秀』『尼将軍　北条政子』『武神　八幡太郎義家』『元就軍記』『大軍師　黒田官兵衛』『戦国武将の妻たち』ほか多数。

婚儀

頼家弑逆《よりいえしいぎゃく》後における北条時政《ほうじょうときまさ》父子の動きは機敏だった。

直ちに腹心の金窪行親《かなくぼゆきちか》に命じ、頼家の与党を襲わせて滅ぼす一方、実朝《さねとも》の縁談を推し進め、十月には坊門《ぼうもん》清子の輿入《こしい》れを正式決定させるまでになった。

花嫁の出迎えには、政子が中心となり、有力御家人《ごけにん》中から容姿端麗な者ばかりを特に選りすぐって、京に遣わすことになった。

時政と牧《まき》の方《かた》の間に出来た愛息で今年十六歳になる政範《まさのり》を筆頭に、畠山重忠《はたけやましげただ》の嫡子重保《しげやす》や結城朝光《ゆうきともみつ》といった面々である。

十二月には清子の東下りが公武の融和を象徴するかのように、近年稀《まれ》にみる華やかさで執り行なわれた。

行列がいよいよ京を出立する際には道端は見物の群衆で溢《あふ》れ、後鳥羽《ごとば》院も牛車《ぎっしゃ》を立てて従兄妹《いとこ》を見送られている。

このように婚儀は大いに順調に運ぶかに見えたが、一歩裏に回ると、出迎えの一行の間で後々重大な問題を引き起こす二つの出来事が起こっている。

第一には、北条政範が京到着から三日と経ぬうちに頓死《とんし》を遂げてしまったことである。

そもそも政範が日頃から病に冒されていたなどという記録もないし、第一そのような身体ならば親が上洛《じょうらく》させるわけもあるまい。

にもかかわらず、この十六歳の若者はわずか十日足らずの上洛旅行中に発病して、死に至った。この事実一つとってもきわめて不審な死に様だと言わねばなるまい。政範の病気が当時から不審視されていたらしいことは、『吾妻鏡』が病名について一言も触れずにすましていることからも窺《うかが》える。

結論から言うと、その病因は、頼家と同じように毒物による急性中毒だった可能性が少なくないのである。

だとすればその場合、犯人は無論、政範に対して日頃から恨みを持つか、さもなければ頓死することによって最も利益を得る者ということになろう。

いずれの観点からみても最も殺害動機を持っている者は、政子姉弟のほかにはなかったと言ってよい。

それというのも頼家謀殺後の現在、政子姉弟にとって自分達の地位を脅《おびや》かしうる当面の最大の障害といえば、牧の方とその子の政範以外にはなかったからである。

安達《あだち》事件における政子が頼家に対し、〝廃嫡《はいちゃく》〟を示唆して威嚇したことからも分かるように、この時代にあっては一族の家督（首長）たる者の持つ最大の権限の一つは、嫡子指名権にほかならなかった。

そして政子姉弟が最も警戒していたことは、父が義時《よしとき》を廃嫡にすることだったこともすでに見た通りである。

しかもここへ来て時政は新執権の地位を利用して、朝廷に奏し政範に従五位下左馬権助という官位を授けさせることに成功していた。

一体、今年四十二歳になった義時でさえ、今回の政変でようやく従五位下の相模守に任じられたのである。

従って政範の任官は十六歳という年齢から見るならば、義時をはるかに凌駕したものにほかならない。

このまま行けば、数年中にも義時、泰時《やすとき》父子を越えて、事実上の北条嫡流に収まってしまう可能性が大きかった。

要するに政範の任官は、時政による義時廃嫡のための布石と受け取られても仕方がないものだったと言えよう。先妻腹の政子姉弟にとっては、あらゆる手段を用いても阻止せねば自分達の地位が危うくなる。

年端《としは》もいかぬ少年を亡きものにするには、今回のように親元から離れて初の長旅をする状況こそ、千載一遇の好機である。

それでなくても政子姉弟は、昨年牧の方が実朝に示した「害心」に対し復讐《ふくしゅう》の機を狙《ねら》っていた。

（たとえ父上の鍾愛《しょうあい》の子であろうとも、政範に執権職をあたえて継母の牧の方ごときに権勢を奪われるくらいならば、いっそのこと……）

政範を亡きものにしたいと思わなかった、というほうがむしろ不自然であろう。

いずれにせよ政子はかつて稲毛重成《いなげしげなり》に嫁いだ実の妹が亡くなった時などには、自ら進んで喪に服し、夫の頼朝《よりとも》にさえ強いて服喪させたことがあるにもかかわらず、今回の政範の死にたいしては葬儀に参列したという記録さえ残っていない。

同じ兄弟でも同腹と異腹をはっきりと差別した処置であり、裏返しにみれば政子という女性がいかに継母牧氏を内心で侮蔑《ぶべつ》し、自分の母系の血縁にこだわっていたかが知れようというものである。

さらに政範頓死事件に少なからず関連したと思われる出来事が、出迎えの一行が京に到着したその夜に起こっている。

京都守護の平賀朝雅《ひらがともまさ》が、一行の長旅の労をねぎらうために自邸で催した宴の席上で、畠山重保とあわや刃傷沙汰《にんじようざた》になりかねぬほどの口論を引き起こしていた。『吾妻鏡』は単に事実のみを記すに止めているが、事件の背景はかなり根深い。朝雅は時政夫婦の娘婿であるから政範には義兄にあたっている。当然、上洛後の政範の世話を依頼されていたはずである。

彼は牧の方の事件直後に政子姉弟によって体《てい》よく京都守護にお払い箱になったが、それまでは武蔵守《むさしのかみ》（国司）であった。

しかも武蔵は畠山重忠が代々、事実上の武蔵介《すけ》（次官）たる総検校《そうけんぎよう》として強大な勢力を持っている国である。

重忠はその礼儀正しい謹厳実直な人柄と文武に秀でた器量で、〝坂東《ばんどう》武士の鑑《かがみ》〟とまで称される絶大な人望の持ち主であった。朝雅は武蔵国司として威をふるおうと考えても重忠抜きでは何も出来ぬに等しかった。

そういう次第で新任国司と土着の次官の関係とあってみれば、様々な局面で対立せざるを得なかったと推察される。

しかも北条時政は重忠に対して、昨年の頼家廃位事件の際に重忠が頼家から受けた時政追討の密命を注進に及ばなかったことで深く含むところがあった。

そうした事情も手伝って、朝雅は恐らく重保らが政範が重体に陥っているにもかかわらず、途中の宿で療養させずに京まで連れてきたことに憤り、重保に辛く当たったものであろう。

また一方の重保のほうは、およそ陰謀などとは無縁の直情的な若者であったから、朝雅の無礼な糾弾をまともに受けて腹を立てたものと推察される。

この争論が直接の引金になって半年後には、時政一派による畠山一族の誅殺《ちゅうさつ》劇を生むことになる。

それはさておき。政範の頓死によって最も利益を得た者が政子と義時姉弟だったことは疑いもない事実である。

これによって当面は姉弟の〝北条嫡流〟を脅かす存在がいなくなった。

(私の目が黒いうちは、これ以上父上や牧殿には勝手をさせてなるものですか。父上が私の意に従いながら実朝を立て、大人しく執権職をつとめられるならばよし、さもなくば執権職を義時に譲らせるまでのことじゃ)

政子は、はっきりと覚悟を決めるようになっていたし、義時に向かい、

「よいか、小四郎。そなたは将軍の乳人《めのと》じゃ。父上になど遠慮いたさずに、自分こそ新将軍のまことの後見人であることを折にふれて世に知らしめるがよい」

時政の向こうを張って、北条嫡流を天下にアピールさせることを忘れなかった。それはさておき、かくて義時は清子の東下りと前後して、しきりに実朝との〝君臣水魚の交わり〟ぶりを演出するようになった。

まず、この秋には由比《ゆい》ガ浜に舟を浮かべ、管弦を奏でて、朝廷の竜頭鷁首《りゅうとうげきしゅ》の風雅を真似《まね》た遊びをさせてみたり、それまでは時政と広元《ひろもと》の二人で行なっていた訴訟審理の場に実朝を臨席させたり、さらには義時の小町館《こまちやかた》に実朝を招き、「今日は月食ゆえに御滞在なさりませ」だの、「方位が悪うござりまする」だのと言って、引き留めては歌会の真似事《まねごと》をして、数日間も逗留《とうりゅう》させている。

またあれほど、頼家の蹴鞠《けまり》を攻撃したにもかかわらず、実朝が若宮別当坊《わかみやべっとうぼう》に渡った折などは蹴鞠で遊んだという記録が残っている。

実朝は晩年に頼家と同じく、母や義時から〝貴族趣味〟を攻撃されることになるのであるが、そもそも少年時代の実朝にこうした風雅の道を奨励して教えこんだのは、当の母や叔父にほかならなかったのである。

明けて元久《げんきゅう》二年（一二〇五）の春三月のうららかな昼下がりの時のことである。

折しも将軍御所では先日来満開だった前庭の桜が散り花に変わって、春風がそよぐ度に花吹雪を散らしていた。

午後の昼下がり、実朝は一人学問所の欄干にもたれかかり、先ほどからあくことなく眼前の光景に見入っている。

内裏紫宸殿《だいりししんでん》前の左近《さこん》の桜に模して近くの山から移された山桜だったが、ここ数年でようやく御所の土にも馴染《なじ》んだものと見え、花の付き具合も一段と見事になったようである。

鎌倉は温暖な土地柄のせいか、春の花では、どちらかというと桜よりも梅のほうに花付きのよい木が多いようである。

将軍御所にも梅のほうがはるかに数多く植えられていたし、例年二月ともなると紅や白の可憐《かれん》な花が咲き競い合い、馥郁《ふくいく》とした香りが御所に満ちて、人々の心を楽しませてくれる。

木の姿も梅の節くれだつ幹は、いかにも坂東武士の素朴で質実剛健な気性に似つかわしい風情があった。

それはそれとして、こと散り花の見事さということになると、やはり桜に優るものはないだろう。

（はかなくも美しき花であることよ。昨日まではあれほど鮮やかに咲き誇っておったのに、はや今日は散り花に変わろうとは……）

人が聞けば年齢《とし》に似ぬ大人びた感慨というかも知れぬが、今の実朝にとって散る花を心から惜しむ思いに嘘偽《うそいつわ》りはなかった。

（父上、兄上、そして姉上達。皆様方はどうして実朝独りを遺してあのように早く逝《い》ってしまわれたのでござりまするか！）

思わず叫びだしたくなるような悲しみをこらえながら、花を惜しんでいたからである。

物心ついてからこのかた、実朝は幾度親兄弟との死別の悲しみを味わわされねばならなかったことか。

六歳で姉大姫が逝き、八歳の時には父と乙姫が相次いで他界してしまった。さらに昨年、十三歳時には兄弟中でただ一人残っていた兄までも先だってしまったのである。

人生のもっとも多感で傷つきやすい少年時代のわずか七年間のうちに、六人家族中で親兄弟四人が亡くなり、母と自分の二人だけが生き残ろうとは。

大人でもこれだけ肉親の死が続けば、深い人生の無常を覚えるであろう。

ましてや実朝は幼い日から感受性の鋭い、優しい性格の子供であったからなおさらのことだった。

父は実朝を目の中に入れても痛くないほどに鍾愛したし、母の手元で育てられていた姉達も末弟の実朝には優しかった。

兄頼家だけは比企《ひき》一族の元で育てられていたから、最初のうちこそなかなか近づけなかったものの、将軍として同じ御所の敷地内に住むようになった後には、折につけ兄らしい気遣いを示してくれた。

（実朝にとっては皆、かけがえのないお方達であったに、何ゆえあのように突然お亡くなりにならねばならないのであろうか。神仏はいかなる理由で兄上や姉上のごとき若者をお救いくだされなんだ？　人の生命とはさまで儚《はかな》きものなのであろうか？）

汚れない子供心においては万物は皆調和し、美しい輝きと生命力に溢れているものである。

だがたび重なる肉親の死は、そのような実朝の親和的世界を根底から揺るがし、無惨に引き裂いてしまった。

少年将軍は否《いや》が応でも人間の生死の問題について、深く思い悩まねばならなくなったのである。

一昨年の秋に征夷大将軍に任じられてから、かれこれもう一年半近くになろうとしている。

ある時、実朝は日頃から心に蟠《わだかま》っていた質問を、母にぶつけたことがある。

「母上、何ゆえ兄上は実朝に家督をお譲りになったのでござりましょうか。兄上には一幡のほかにも幾人も子がいるではござりませぬか。その子達を差し置いて、なぜ実朝に……」

実朝にしてみるとこれは正直な疑問だったが、脛《すね》に傷を持つ母の方は驚いたように一瞬まじまじと我が子の顔を凝視して、質問に他意がないことを確かめると、

「あの子達は皆、庶子で源氏嫡流ではありませぬ。今の源氏一族のなかで嫡流を名乗りうるのは母の子たる実朝、そなたしかおりませぬ。さもなければ何ゆえ治天《じてん》の君が、即日そなたに将軍宣下《せんげ》を賜わるものかえ？　そなたはさようなことは気にいたさずに、早う立派な将軍になって亡き父上に喜んでもらわねばなりませぬ。さようにさえいたせば、そなたに位を譲った左金吾《さきんご》の意にも叶《かな》うことになるのですからね」

どこまでも実朝の将軍襲封《しゅうほう》を、当然のこととして言い含めることを止《や》めなか

った。

（予は病に倒れられた兄上から将軍職を禅譲《ぜんじょう》された身ぞ。いつの日か兄上が本復なされて鎌倉にお戻りになった暁にはいつでも将軍職をお返しいたそうぞ）

少年らしい純潔な心から密かに決心していたものの、その兄が死んだと母から聞かされた時には、目の前が真っ暗になるほどの深い絶望を覚えねばならなかった。

忘れもしない、あれは実朝が痢病《りびょう》から治って間もない中秋《ちゅうしゅう》の宵のことだった。

実朝がいつもの日課通り、学問所で侍読《じどく》の源仲章《なかあき》から四書五経の講義を受けて寝殿のほうに戻って来ると、そこにはすでに母が蒼白《そうはく》な顔をして、阿波局《あわのつぼね》とともに待っていた。

「母上、かような夜更けにいかがなされましたか？」

驚いたように問う我が子の顔を、政子は穴のあくほど見つめながら、

「実朝殿。大事なお話があるゆえ心して母の申すところを聞くがよい」

「何でござりましょう」

「よろしいですか、実朝殿。左金吾が先日、湯治先の修禅寺《しゅぜんじ》で病のために亡くな

ったという知らせが入りました」

薄気味悪くなるほどのこわばった表情で、早口に言った。実朝は我が耳を信じかねるように、

「母上、今なんと仰せられましたか？　兄上がどうかなされたのでござりまするか？」

「心身の衰耗《すいこう》のゆえだそうな。たった今、伊豆《いず》から早馬が伝えてまいったのじゃ」

「兄上が？　よもやさようなことが！　あのお元気な兄上が」

実朝が叫ぶのを無視するかのように、政子はいっそう石像のような無表情さになって、

「人は一度は死する定めと諦《あきら》めるほかありませぬ。あとはせめて左金吾が成仏できるように、神仏にでも祈るほかはありませぬ。そなたも武将の子ならば母の申すことがわかりましょうね」

物に憑《つ》かれたように語る母の口ぶりには、我が子の死を悲しむ母親らしい優しさや愛情は微塵《みじん》も感じられなかった。むしろいかにも気丈な厳母めいた言い方の中に、どこかしらわざとらしいそっけなさが直感されて、実朝には恨めしかった。

「兄上の病は快方に向かっていたのでございましょう？　母上は前に兄上は病を

なおすために修禅寺にまいられたと仰せられたではございませぬか。心身の衰耗などと、あの逞《たくま》しい兄上に限ってさようなはずはございませぬ！」

言っているうちに実朝の瞳《ひとみ》から、いつしか涙が溢れ出してきた。

兄の死も悲しかったが、同時に親の不条理な非情さに対する、抗議の涙でもあった。

母はしかし、そのような実朝の心も知らぬげに、いっそう居丈高になって、

「実朝殿、これしきの事でうろたえて何といたしますか。さような涙を御家人が見たならば何と思うかえ？　そなたは征夷大将軍であることを忘れましたか。武門の棟梁がさようなことでつとまると思うてはなりませぬぞ。たとえ親に分かれ兄弟が討ち死にしようと、戦場では顔色一つ変えずに戦うのが武将と申すもの。そなたのように軟弱な心ではとても将軍職はつとまりませぬ。そなたはこれで源氏ただ一人の嫡流になったわけじゃ。いまから後はそなたの子供が源氏として征夷大将軍にならねばなりませぬ。そなたも私や乳人《めのと》の申すことをよく聞いて、早く征夷大将軍として恥ずかしきことのなきようにいたさねばなりませぬぞ」

母が強く出れば出るほどに、実朝の胸には悲しさがこみ上げてきた。

六人家族が母一人子一人にまでなったというのに、母は亡き兄を偲《しの》ぶより先に、人の目を気にせよと言う。

そのような母のつれなさが、兄が生前に語った母への思いと相まって、実朝には喩えようもなく辛く悲しいことだったからである。いたたまれなくなって思わず、

「母上は兄上が亡くなられたというのに、何ゆえさように悲しまれぬのでござりまするか？」

ぽつりと肺腑《はいふ》の言を吐いた。

「何ですと？」

これにはさすがの政子も一瞬どきりとしたように視線をそらした。が、すぐさま気を取り直すように顎《あご》を心持ち上げると、背筋を伸ばし、手を膝上に組み直して、

「母とて悲しいのです。我が子を失って悲しまぬ母がどこにおりましょうか。されど今は、母もそなたも悲しみに浸っておるような場合ではありませぬ。

堪《こら》えねばならぬ時だからこそ申しておるのです。かような時こそ生き残った者は、愚かしゅういつまでも悲しみに浸っていてはならぬのじゃ。心を強く持って

故人を供養いたし、その志を受け継いでいかねばなりませぬ」

「それは分かりますが」

「そうです実朝殿、その心こそが大事。これからも母や叔父《おじ》の申すことをよく守ってさえゆくならば、きっと右大将《うだいしょう》も左金吾も草葉の陰で喜んでくれましょう。分かりましたね」

くどいほどに自分と北条の存在を印象づけようとする母の言葉は、実朝の孤独な心には虚《うつ》ろに響いた。

（予はとうとう源氏の生き残りの最後の一人となってしまった。……）

身の細るような寂寥《せきりょう》感とともに、実朝は亡き人々を偲んでいたのである。

頼家の訃報《ふほう》この方、奇妙に周囲の北条一族の実朝に対する態度が優しくなったようなところがある。

口やかましかった阿波局が腫《は》れ物に触るような態度を示すかと思えば、義時や時政なども以前とは打って変わって、実朝を戸外の武芸などにはめったに連れ出さぬようになった。

なるほど叔父の義時は自分に親切にしてくれたし、外祖父の時政も「若公、若公」と何事にも立てるようにしてくれるようである。

また御所奉行として実朝の秘書役をつとめる時房《ときふさ》（時連《ときつら》）なども急にやさしくなり、実朝の食事は必ず毒味をさせた後に自分が試食し、粥《かゆ》だの葛湯《くずゆ》だのと虚弱体質の実朝によいものばかりをすすめるようになった。

だが、それらは果たして本当に心のこもった行為か、と考えると実朝は首を横に振るしかなかった。

心の籠《こも》らぬ百の世辞、千の追従《ついしょう》よりも、真情の籠ったただ一つの温かい眼差しに出会うことのほうが、この少年にとってはどれほど嬉《うれ》しかったことか。

（母上は何か隠しておられる。予に知られては困ることがおありなのじゃ。何ゆえじゃ？　何ゆえ親子の間ですら、隠し事を持たねばならぬのじゃ？）

疑念は生ずるが、かといって今の実朝の年齢や立場では、とても疑念を突き詰めて考えるまでにはいたらなかった。

（予一人なりとも、折に触れて父上や兄上方のことを思いだして差し上げよう。さようにいたすことが、亡き人にはいちばん喜んでもらえるはず）

思い直して日々学問にいそしんできたのである。

そのような実朝にとってせめてもの気慰めは、京から嫁いで来た新妻の清子の存在だった。

清子は絵巻物から抜け出してもしたかのような、京風の美しい姫君であった。生まれて初めて親もとから離れたのである。はるばる異郷の坂東に嫁ぎ、言葉もよく通じぬ猛者《もさ》達に囲まれて暮らすことに、戸惑いと寂しさをぬぐい去れぬ様子であった。

「何も御遠慮なさるには及ばぬ。困ったことがあれば何なりと申されよ。予から皆に申してよきように取り計らうゆえ」

実朝は新妻に言ったが、控えめな新妻は恥ずかしそうに微笑み返すばかりであった。

母を始め坂東の口達者で気丈な女性ばかりに囲まれて育った実朝にすれば、そのような妻の気質はいとおしく思われる反面、やや肩透かしを喰わされたような物足りなさを覚えることも事実であった。

華燭《かしよく》の宴も無事に済み、形ばかりは夫婦になった現在でも、実朝には、まだ新婦の清子は朝家《ちようか》からの大切な預かりものか、客人に思われてならなかった。

寝所も違えば従者も違う。お互いに顔を合わせるのは、朝夕の食事時と、母の御所で何か催されたときぐらいである。これでは十三歳という年齢とあいまって、夫婦らしい睦《むつ》びをせよと言っても、まだ無理な話であった。

同じことが実朝の側近の御家人達に対しても言えた。

母や執権は、できるだけ実朝達を御家人に交わらせようとして千葉《ちば》、小山《おやま》、和《わ》田《だ》、三浦《みうら》といった有力御家人中で忠誠心に富んだ子弟を近侍させていた。

また学問の師範として朝廷から下った仲章や、妻に近侍して来た坊門家の侍で、藤原定家《ていか》の弟子の内藤知親《ないとうともちか》などが近侍して熱心に指導してくれていたが、無論彼らとて実朝の心の師友となるまでにはまだ隔たりがあった。

実朝は幼時から、昔話や絵詞《えことば》（絵物語）や、詩歌の世界が大好きだった。こと学問に関しても一度始めたとなると、深く掘り下げるまで止めようとはしなかったし、師範達が驚くほど短期間で長足の進歩を遂げていた。

政子にしてみても実朝がこのように学問に熱中している限り、害にならぬと踏んでおり、積極的に奨励していたのである。

つい先ごろも実朝がもっと新しい絵巻を読みたいと願うと、母は早速京の絵師に平将門《まさかど》の絵詞を描かせたりなどしていた。

かくして日夜、将軍教育の特訓は続いていたが、実朝はくじけそうになるたびに、

（予は主上に任じられた征夷大将軍ぞ。しかも諱《いみな》は治天の君に賜わったものな

のじゃ。かようなことで音《ね》をあげたならば何とする。予一人のために父上や兄上、ひいては清和源氏や坂東の名までが傷つくことになるのじゃ)

誇り高い生真面目《きまじめ》な少年らしく自分を叱咤《しった》して、歯を食いしばって耐えてきた。こういう少年が学問を深く学ぶにつれ、強いみやびへの憧憬《どうけい》とともに、次第に和歌の道に強く引かれるようになっていったのは、ごく自然な成行きだったと言えよう。

皇室は永い摂関家の外戚《がいせき》政治や、それに続くたび重なる戦乱、武家の台頭によって衰えたりとはいえ、未だに厳然としてわが国の権威と伝統と文化の中心であり続けていた。

とりわけ当代の治天の君たる後鳥羽院は天資英邁《えいまい》な君として有名であった。蹴《け》鞠道《まりどう》においては無論のこと、歌道においても伝統文化の中心となって活動し、この年には『新古今和歌集』を編纂《へんさん》されている。

そのような噂《うわさ》を聞くにつけ、実朝は、

(よし、予は兄上の蹴鞠に代わって、学問や和歌の道で治天の君の叡感《えいかん》を得られる者になろうぞ)

いつしか心に期すまでになっていた。

今こうして学問所の濡れ縁《ぬれえん》にたたずみ、前庭の桜が散る様を眺めやりながらも、

（予に今少し歌才があれば、この美しき散り花を亡き人々への思いに託して詠《うた》いたきものを）

と念じずにはいられない。

（兄上達の余りにも短き生命にも、どこかこの桜と同様の美しさがあったはずじゃ。予もまた単に長生きのみを事として、老いさらばえて醜き心で死するよりは、せめてあの花のごとく美しく咲き誇り、生命の輝きのきわみにおいて人に惜しまれつつ、静かに散りたきものじゃ）

次第に心の高まりを覚えながら、多感な叙情歌人の卵は思っていた。

不思議なことだが、そのように死を念ずると、若くして儚《はかな》く逝った兄や姉の一生を実朝は自分の身近に感じることができ、どこからともなく生きる勇気が湧《わ》いてきた。

それはただの気慰めであるのかも知れぬ。しかし、せめてそのようにでも思わなければ、兄達は浮かばれまい。

風もない空中を花びらは生命を終えて、絶え間なくひとひら、またひとひらと落ちてゆく。

少年の目にはそこだけが別世界のように静かで美しく、儚いながらも永遠に意義のあるものに思われてならなかったのである。

老いらくの夢

頼家の弑逆《しいぎやく》以来、鳴りを潜めていた時局が、にわかに騒々しくなり始めたのは、事件から八カ月ほど後、鎌倉の山々がすっかり新緑におおわれた四月中旬に入ってからのことだった。

時政が、ここへきていよいよ幕政の実権を取り戻すために動きだしたからである。

――実権奪取。世人が聞けばいまさら何を世迷《よま》い言《ごと》を言うにちがいない。時政は今や執権として遠江《とおとうみ》守護と伊豆、駿河《するが》両守護をかね、全御家人の筆頭に位置する幕府最大の実力者のはずである。

だが今年六十八歳になるこの老人にとっては、現在の地位はまだまだ不満なものでしかなかった。

現在の時政が有する権力は、一昨年秋の比企誅殺《ちゆうさつ》や頼家追放劇当時よりも大幅に削減されていた。

頼家追放の時点では執権として部下斬決《ざんけつ》権を縦横にふるい、比企能員《よしかず》や仁田忠《にったただ》常《つね》、堀親家《ほりちかいえ》といった〝反抗分子〟を立て続けに粛清することができた。

ところが、それも束《つか》の間《ま》、時政は自邸に迎え入れた実朝という〝玉《ぎょく》〟を、またたく間に政子と義時姉弟によって半ば力ずくで取り返されてしまった。それも、つい先日は時政の下知《げち》によって比企討伐に参加した軍勢によって、である。

親子の間のこととて表向きは何事もなかったかのように一応の収拾を見たが、これは時政にすればせっかく手にいれた部下斬決権を政子姉弟に奪い返されたことを意味していた。

その結果、現在の時政の権力は幕閣の人事、恩賞権から軍勢催促（動員）権にいたるまで将軍の最高権力に属するものは何一つとして独断で計らえるものはなくなっていたと言ってよい。

もし今、時政が執権として重大な決定を下そうとしたり、何か事を起こそうと企んだとしよう。その場合、現行制度では、形式的にせよ将軍実朝の前で政所《まんどころ》の評定《ひょうじょう》を催し、いちいち裁可を仰がねばならない。

それだけで事が公になってしまう上に、下手をすれば、義時や政子が実朝に入れ知恵をして却下させることさえ可能な形になっている。

現代流に例えるならば、時政の地位は代表権を持たぬお雇い社長に成り下がっていたわけだが、無論、彼はこれで黙って引き下がるような男ではない。もともと老人にしては気の短い野心家である上に、七十間近い自分の年齢への焦りも手伝って、

(何が執権じゃ。かようなことでは何のために命がけで頼家を将軍から引きずり下ろしたか分からぬわ。予の目の黒きうちに幕府の実権を政子から奪い返しておかねば死んでも死に切れぬ)

北条執権体制を創始したのは自分であると信じているだけに、現状には大いに不満を抱いていた。

これまでにも、時政が政子姉弟に対して巻き返しを謀らなかったわけではない。牧の方との間に生まれた政範を、首尾よく義時と同列の官位に就《つ》けさせたことなどはその最たるもので、このまま順調に事が運ぶならば、いずれは義時を廃嫡にして分家させ、政範を自分の正式な嫡子に立てることで幕府の実権奪取が可能になるはずであった。

ところがどこでどう運命の歯車が狂ったものか、政範はわずか十六歳で京に客

死してしまい、時政と牧の方夫婦の思惑は暗礁に乗り上げてしまった。

一時はすっかり意気消沈して、出家さえ考えた時政だったが、生来の反逆者精神に加えて、執権という地位への過信から、またぞろ老いても見果てぬ最高権力への夢を抱きはじめていた。

事を起こすとして、問題はどこから手をつけるかである。

一番手っとり早い方法は、かつて頼家とその腹心達に対して行なったように一挙に軍勢を動かし、政子実朝母子の住む将軍御所と義時の小町館を取り囲んでしまうことだが、さすがに相手が二人とも我が子とあっては、時政にもそれだけの勇気はなかった。

義時だけならばともかく、政子は時政自身がこれまでは権力奪取の過程において、「尼御台所《あまみだいどころ》の仰せ」として散々持ち上げて利用してきた存在である。

その〝将軍御母堂〟をこの期《ご》に及んで、謀反人扱いすることなどは、いかに時政でも大義名分を捏造《ねつぞう》できなかった。

（要はやはり武権を奪うことじゃな。予が執権職として意のままに部下斬決の大権を用い得ることが肝心じゃ。さようにして坂東御家人の大半を押さえれば、後は政子や義時が何を申そうといかようにでもなろう）

早い話が部下斬決権という武家棟梁《とうりよう》の伝家の宝刀を勝手に使って、試し斬《ぎ》りしてしまおうというわけである。

（同じ斬るならば坂東屈指の御家人にして、事が起これば敵側に回りかねぬ男がよかろう）

かくて執権権力の復権を目指す老人が、最初の槍玉《やりだま》に挙げたのが畠山重忠だった。

そもそも武蔵総検校職をつとめる重忠は、時政にとっては先妻腹の娘婿にあたっている。

時政がその重忠をあえてこの期に及んで暗殺しようなどというのは、常識的に考えるならば狂気の沙汰《さた》にすぎなかった。

しかし一旦、頭に血が上った時政の理屈からすれば、重忠を誅殺《ちゆうさつ》する理由などは腐るほど挙げることができた。

まず第一に重忠は娘婿であるにもかかわらず、先の頼家による時政討伐の密命を和田義盛《よしもり》のようにすぐには注進しなかった。

重忠の立場から言えば頼朝恩顧の御家人として当然の態度とはいえ、時政にしてみれば、これは重忠が〝逆心〟を抱いている証拠以外の何物でもない。

加うるに例の重忠の子重保と平賀朝雅の争論の一件が時政の復讐心の火に油を注いでいた。

牧の方などは、政範のことを思い出して涙に咽《むせ》ぶたびに、

「お館《やかた》様は口惜しくはござりませぬのか。義理の母が先妻腹の娘に手をついて詫《わ》びを入れさせられたばかりか、無位無冠の重忠や重保ごときにまで娘婿を愚弄《ぐろう》されておるのでござりまするよ。これでは私はあたかもお館様の妾のようなものではござりませぬか。お館様の執権としての面目も踏みにじられたも同然でござりましょうが。それもこれもお館様が余りに先妻腹の子達ばかりを甘やかされるからじゃ。さようなことだから政範も独り寂しく京で亡くならねばならなかったのです」

まるで政範の死も畠山のせいだったかのように愚痴をこぼした。

それでなくとも時政が、天下の武権を握るためには重忠がにらみをきかす武蔵国がどうしても必要だった。

今でこそ坂東の中心といえば幕府の置かれている相模国のように見られているが、本来は歴史的にも地理的にも坂東の代名詞と言えば、坂東八平氏の本拠地たる武蔵国だった。

実際、日本広しといえども、相模と武蔵の強兵に敵《かな》わぬというのが通り相場だったと言ってよい。

これは鎌倉末期の話になるが、楠木正成《くすのきまさしげ》は、笠置山《かさぎやま》で討幕の狼煙《のろし》を挙げた後《ご》醍醐《だいご》天皇に対して、

「もし知謀を用いずにまともに正面から戦うならば、日本国六十余州の兵をもってしても相模と武蔵の兵には敵いますまい」

と奏上した話が『太平記』に載っている。

時政自身もずっと以前からその点をよく承知しており、相模介をつとめる三浦氏や武蔵守たる平賀朝雅、そして武蔵総検校職たる畠山重忠と重忠の従兄弟《いとこ》の稲毛重成など相模、武蔵両国の有力者と片っ端から政略結婚を行なっていた。

時政はまた実朝の元服式の直後には、特に武蔵国の御家人に対し、「今後は万事につけて執権の命に従い、決して二心を持たぬ」という誓詞を提出させたという記録が残っている。

この誓詞が、頼家の密命を注進しなかった重忠の排除を念頭においたものであることは言うまでもあるまい。

軍事的に見ても重忠を中心とした武蔵勢の占める比重は、それほど大きかった

のである。

時政は政範の百カ日が終わると早速、重忠討伐を実行に移すことに決し、名越館に義時と三浦義村《よしむら》、稲毛重成を招いて計画を打ち明けた。

「どうじゃな、おのおの方。知っての通り重忠は、上総介広常《かずさのすけひろつね》などと同じく胸底《きょうてい》に謀反心を抱いておるものじゃ。将軍家を敬わぬばかりか、事と次第によってはいつ敵方に回るやも知れぬ。子を見れば親が分かると申す。京での重保の無礼な振舞いはそのまま重忠の腹よ。

もし右大将が御存命であれば、いつの日か必ず重忠を誅されたはずじゃ。ここで重忠を誅しておけば将軍家も幕府も末永く安泰と申すものぞ。また、さすれば三浦殿は祖父の仇が討てようし、稲毛殿も宿願の武蔵総検校職を手に入れることができよう」

真っ先に同意したのは、三浦義村である。

「たしかに重忠は我が祖父の仇。謀反心を抱いておる者にはちがいござりまするまい。早く討ち取らねば行く行くゆゆしき大事になりましょう」

三浦は源氏挙兵時の衣笠城《きぬがさじょう》合戦の際に、当時はまだ平家方に属していた畠山勢に攻められて、祖父の義明《よしあき》が討ち死にしていた。

先日は政子の命を承《う》けて実朝奪還の先鋒をつとめた義村だったが、今回は時政の話に一も二もなく乗る様子である。

片や稲毛重成の方も重忠の追討と聞くと、

「いよいよでござりまするな。承知つかまつった。重忠追討の尖兵《せんぺい》はそれがしにお任せくだされとう。ただし、重忠を正面から追討したのでは武蔵一国を敵に回しかねませぬ。ここは執権殿が先の武蔵武士の差しだした誓詞を楯《たて》に、すみやかに重忠を鎌倉におびきよせ、不意討ちにいたすのがよろしゅうござりましょう」

以前にも時政から同じ話を持ちかけられていたと見え、二つ返事で承知した。

この男、畠山氏の傍流の出で、時政の娘婿となってから従兄弟の重忠の武蔵総検校職を手にいれたいと狙《ねら》っていた。

先に見たように、政子は自分の実妹に当たる重成の妻が亡くなったときには、自分はおろか夫の頼朝にも喪に服させていた。

頼朝の死因となったと推察される例の落馬事件は、重成が亡妻の追福《ついふく》のために相模川の橋供養をした帰途に勃発《ぼっぱつ》している。仮にこの落馬が謀略だったとすれば、恐らく時政は重成に対し、近い将来に武蔵総検校職を与えることを餌《えさ》としてちらつかせていたかも知れない。

そのせいか、時政父娘は頼家の訴訟親裁の阻止を目的としたあの重臣合議制の構成人員にも、武蔵総検校職たる重忠を差し置いて重成を任じていた。

要するに重成は北条一族が武蔵国を将来支配すべく、安達景盛《あだちかげもり》などと並んで日頃から飼い慣らしておいた尖兵隊長と言ってもよい存在だった。時政は義村と重成の同意を得ると、

「それでこそわが姻戚《いんせき》じゃ！　そこもとらの申されるとおり、重忠の謀反気は今に始まったことではない。あ奴のもって生まれた天性と申すべきもの、我が娘婿ながら、かような輩《やから》は生かしておいては後々君のため、天下のためにはなるまいぞ」

扇動はお手のものの男らしく、大袈裟に言い放った。

一同の話題に上った重忠の「謀反心」なるものは、梶原景時《かじわらかげとき》の〝讒言《ざんげん》〟によって、頼朝が重忠を謀反人に仕立てあげようとした事件を指している。

この時、重忠は頼朝からの召還命令を伝えにきた使者、下河辺行平《しもこうべゆきひら》に対して、忿怒《ふんぬ》の形相《ぎようそう》になって、

「身どもが頼朝公に対し何の恨みがあって多年の勲功と名誉を投げうってまで反逆をいたさねばならぬのか。さては頼朝公の腹には、讒言者の言を信じられて、

予を謀り、許すという名目で招き寄せて誅殺されるおつもりじゃな。さればやむをえぬ。同じ討たるるならばこの場で腹かき切って見事果てて見せようぞ！」

直ちに腹をかき切ろうとした。行平は重忠の手を取って懸命に押しとどめながら、

「頼朝公はそこもとを誅したならば問題が起こるからこそ、友のそれがしを使者に立てたのじゃ」

結果、重忠は自決を思いとどまり、あらためて頼朝御前《ごぜん》で申し開いた。

「それがしのごとき武勇で身を立てる者の最大の恥辱とは、武威を笠《かさ》にきて庶民の財宝を強奪しておるなどという噂を立てられることを申すものでござりまする。それに較《くら》ぶれば、謀反を企てようとしておるなどという風聞は、かえって名誉と申すべきでござる。ただし、それがしの場合は源頼朝公をもって武門の棟梁に仰いだ後は、いっさい二心は抱いてはおりませぬ。二心を持たぬということを起《き》請文《しょうもん》にして差し出せと仰せられまするが、この重忠は言葉と本心が異ならぬ者でござりまするゆえ、差し出すわけにはまいりませぬ。

人の言葉を疑い、起請文を取らせられるのは、奸佞《かんねい》の者に対するときのことにござりまする。重忠が嘘偽《うそいつわ》りを申す者か否かは幕下《ばっか》におかれてはすでにご存じ

のはずでござりまする」

この挿話からもわかるように、生粋の坂東人らしい一途《いちず》な廉潔さこそが、重忠の真骨頂だったといえる。

もともと重忠がこれほどの人望をもっているのは、その勇猛果敢さもさることながら、彼がいたって無欲で周囲に思いやりの深い人間だったことが大いに与《あずか》っていた。

奥州《おうしゅう》役の際、重忠は大木戸の合戦で先陣を命ぜられて奮戦したが、人に欺かれて出し抜かれるということがあった。

訴えて出るならば、彼が恩賞に与りうるところであったが、皆に功を分かち合いたいという棟梁的な寛容さから黙っていた結果、多くの者が恩賞に与ることができたと伝えられている。

反面では教養も深く雅楽なども奏でたが、景時のごとく知識をひけらかすところもなく、勇猛さに、礼儀正しさと奥ゆかしさを兼ね備えた武将として、広く尊敬を集めていたのである。

重忠はろくに坂東武士の名前さえ知らぬ貴族などにおいてもつとに有名だった。摂関家出の慈円《じえん》などですら『愚管抄』に、

「重忠はたとえどのように暑い盛りに涼んでいても膝《ひざ》を崩すことがなく、そのため傍らに座っている同輩達までがついにあぐらをかくことさえできなかったと伝えられる」

と、わざわざ重忠の謹厳実直な人物像に触れているほどである。

一方、政子姉弟もこうした時政の不穏な動きをいち早く察知して警戒を深めていた。義時は政子に言った。

「姉上、御用心なさらねばなりませぬぞ。もしや父上の狙いは、畠山討伐を梃子《てこ》にして、武蔵御家人を完全に支配下にいれ、軍勢催促と部下斬決の大権を一手に握ろうとなされておるやも知れませぬぞ。されば父上のまことの狙いは実朝君を我らの手から奪うか害すかなされて、平賀あたりを将軍位につけることかも知れませぬ」

腹を割れば、姉弟にとってもかねてから武蔵の支配権は、父以上に垂涎《すいぜん》の的である。

そのあたりのことは義時も心得ていて、

「三浦の話では父上は意地でも畠山を討ってみせると息巻いておりますれば、今しばらく父上に事を任せるのも手かも知れませぬな」

と、それとなく漁夫の利を狙うことをすすめた。

政子はこの日のあることを予期していたとみえ、表情一つ変えずに、

「やはりのう、父上ならばやりかねぬと思うていたが。父上はこの間の実朝の一件でも懲りなかったと見ゆる。同じ失敗を幾度も繰り返すのが父上の悪い癖。よい歳《とし》をいたして、あの女（牧の方）の口説き文句に騙《だま》されるとは。母上が草葉の陰でさぞかし嘆かれておいでであろう」

義理の母もこの娘にかかると、端女《はしため》以下の存在に成り下がる。

ところがかつての亀《かめ》の前《まえ》事件では同じ継母の実父が夫頼朝から辱《はずかし》めを受けたとなると、今度は継母側の肩を持ったというのであるからいかにも手前勝手な論理というほかはない。

もっともその政子とて、父との全面対決だけは避けたいとみえ、

「して小四郎、そなたは私に何をいたせと申すのじゃ。まさか父上とあの女を討てと申すのではあるまいな？」

不安げに口元をややすぼめながら、小声で尋ねた。

頼家の追放と弑逆の時にはほとんど眉《まゆ》一つ動かさなかった政子だが、さすがに

今度は自分が〝八逆《はちぎやく》〟に数えられる親殺しの罪を犯さねばならぬかも知れぬとあっては、内心で後ろめたい気がするのであろうか。

政子は夫頼朝の死の直後から臨済禅に傾倒し、栄西《ようさい》のために寿福寺を建立して頼朝の父義朝を弔わせていた。

臨済禅は不立文字《ふりゆうもんじ》を前面に押し出して、これまでの仏教のように地獄や極楽を説かず、ひたすら不動心の確立と過去の因縁《いんねん》を断ち切るように説く。

夫頼朝を生前に散々悩ませた挙句に、遺言に背いて我が子を死に追いやったこの妻にとっては、まことに好都合な教理であるにちがいなかった。

その臨済禅にしてからが、やはり八逆の筆頭にあげているのは親殺しにほかならぬとあってはさすがの政子は不安を覚えざるを得ぬのであろう。義時は姉を安心させるように、

「まあ我らは今のところは父上に従う振りをいたしてお手並を拝見するのがよろしゅうござりましょう。稲毛はともかく、三浦は泰時の舅《しゆうと》、今後ともいざとなれば我がほうにつく男。また和田義盛なども将軍家に忠誠を誓っておりますれば問題はござりまするまい。最後に実朝君を擁《よう》して尼御台所が出ればよいのでござりまするよ」

畠山合戦

一旦郷里に戻っていた稲毛重成が、時政の密命を帯びて鎌倉入りを果たしたのは四月十一日のことだった。続いて、その後を追うかのように武蔵の御家人が続々と鎌倉に入る。

表向きは時政が例の誓詞をかざして武蔵の全御家人に召集をかけた形であった。時政としては、このようにしてまず重忠と武蔵御家人を引き離した上で、重忠が鎌倉に入るやいなや一挙に討ち取る手はずである。

ところが、ここに予期せぬことが起こった。騒ぎが大きくなりすぎたのである。それでなくても北条の寵《ちよう》を受けた稲毛重成は、今や重忠と並ぶ武蔵の雄であり、その動向は坂東御家人の注目の的だった。

従って彼が一族郎党《ろうどう》を率いて急遽《きゆうきよ》鎌倉入りを果たしたことは、一般御家人の目には今にも合戦が始まる前触《さきぶ》れのように映ったとしても当然だった。

たちまち噂が噂を呼び、近国の御家人が〝いざ鎌倉〟と続々と上って来るに及んで、鎌倉市中は頼家事件時に勝るとも劣らぬ大軍でごった返すまでになった。

時政にすると、この騒ぎは痛し痒《かゆ》しである。

これによっていまだに坂東軍団が時政の鶴の一声によって集まることが証明され、執権の権威が衰えていないことが分かった。そこまではよかったが、反面、なろうことなら重忠をそ知らぬていでおびき寄せ、御所にでも参上したところを騙し討ちで葬りさりたいという思惑は外れてしまった。

時政が渋い顔で義村に言った。

「よう集まりおったが、ちと、ぬかったようじゃの。かような騒ぎになってしまったのでは用心深い重忠のことじゃ。出てはまいるまいぞ」

義村は皮肉な口調で、

「稲毛が勇みすぎたようでござりまするな。同じ一族郎党を率いてまいるにせよ、あのように大挙して徒党を組み、武具を携えてにぎにぎしゅうまいったのでは、近国の衆がすわ合戦と騒いでも当然と申すもの」

「まことのう、重成を先鋒《せんぽう》にいたしたは親族同士を戦わせて〝夷《い》を以《もっ》て夷を制す〟兵法のつもりであったに」

時政が察したように、案の定、肝心の畠山重忠は待てど暮らせどついに姿を見せなかった。

重忠はかつて頼朝の呼び出しを受けた際には咄嗟《とっさ》に騙し討ちを予測したほどの慎重な武将である。

時政が頼家おろしの政変劇で行なった騙し討ちの手口をよく知っていたし、伜《せがれ》の重保が時政寵愛《ちょうあい》の朝雅と争ってからというものいっそう用心し、空騒ぎには付和雷同せずに館に籠って形勢を観望しているらしい。

こういう状況では、時政も下手をすれば重忠という眠れる獅子《しし》を起こしかねぬと判断せざるを得なかった。

「さればやむを得ぬ、取りあえずは、この烏合《うごう》の衆を解散させることといたそうぞ。さすれば重忠も安心して召還に応じよう」

時政が御家人達に国元への帰還を命じたのが、重成の鎌倉入府から二十日ほどたった五月三日のことだった。

もっとも北条時政ともあろう者が、これだけの機会をむざむざ見逃すはずはない。

表向きはただの空騒動にすぎなかったように装いながら、その実、重忠勢が鎌倉に入り次第不意討ち出来るように、稲毛重成をはじめ足利義氏《あしかがよしうじ》、葛西清重《かさいきよしげ》、小山朝政《おやまともまさ》といった有力与力《よりき》や相模、伊豆の北条配下の御家人達を目立たぬように鎌倉に足止めさせておくことを忘れなかった。

時政は用意万端を整え終わると、あらためて重成に重忠の嫡子の重保をまず鎌倉に招き寄せるように命じた。

記録には伝わらぬが、恐らく先日の騒動の余燼《よじん》が収まらぬから鎌倉警護役に出仕するように、という虚言でも用いて誘い出したのであろう。

まず息子のほうから先陣の血祭りに上げて父の重忠を否《いや》が応でも引きずりだしてやろうという狙いだった。

そのようなこととは夢にも思わぬ重保が、重成の要請に応え、わずかな郎党を率いて鎌倉に入ったのは六月二十一日のことだった。

謀殺事件は翌々日の早暁の卯《う》の刻（午前六時）に起こっている。

幕府南門に面した重保館《やかた》に重成からの使者がきて、

「ただ今、由比ガ浜で謀反の徒が騒いでおりますれば、畠山殿に至急お越し願いたいと主が申しておりまする！」

さも他人事《ひとごと》のように来援を要請してきた。

「何、謀反じゃと？　よし、あいわかった。直ちにまいると稲毛殿に伝えられよ！」

父譲りの潔癖な気性の持ち主らしく、重保は二つ返事で承知すると、傍らの太刀をむんずと掴《つか》んで、

「いざ鎧《よろい》持て。馬ひけ！」

日頃から武勇で鳴らした若大将らしく、素早く具足《ぐそく》を身につけ、馬に飛び乗るとわずか三騎の郎従を率いて表に飛び出していた。

さすがは〝坂東武士の鑑〟と称される武将の嫡子らしい鮮やかな進退だったが、今回ばかりはこの一本気が仇《あだ》になった。

重保が若宮大路に出て見ると、鎧甲《よろいかぶと》を着けた武士達が由比ガ浜の方へ向かって馬を馳《は》せて行く姿が目に入った。

「よし、後れをとるな！　我に続け」

馬に鞭《むち》をあて、海岸に向かって大路をひた走りに走る。

すると、行く手にまるで重保の一行を待ち受けるかのように、三浦義村率いる一隊が馬を休めて待機していた。重保が親しげに言った。

「おおこれは三浦殿。この騒ぎは何事でござるか？　そもそも誰が謀反などを企てたのでござるか？」

問いかけながら馬を寄せようとしたその時である。

「待っていたぞ、重保！　謀反人とは誰あろう、そのほうのことよ！」

義村は叫ぶが早いか、

「いざ者ども、重保の首を挙げい！」

軍扇を振りかざして大音声《だいおんじょう》をあげた。

「何じゃと？　それはいかなる意味じゃ」

驚いたように重保が問い返すいとまもなく、

「いざ、見参！」

義村配下の佐久間《さくま》家盛《いえもり》らが問答無用とばかりに、四方から重保主従に襲いかかった。

重保が周囲を見回すと、たった今まで〝謀反人退治〟のために若宮大路を走っていた者達までが、義村の号令一下、馬の轡《くつわ》を取って返して向かってくるではないか。すべては重保をおびき出して討ち取らんがための芝居にすぎなかったのである。

「義村、さてはうぬは重成と組んで謀反などとたばかりおったな。それでも汝らは坂東武者か！　この卑怯者《ひきょうもの》めらが！」

怒号を発して勇敢に立ち向かったものの、こうなってしまっては勝敗の帰趨《きすう》は明らかであった。

重保の主従三騎はよく奮戦したが、たちまちのうちに幾十倍もの敵に取り囲まれ、寄ってたかって討ち取られてしまった。

時政にすると、架空の謀反事件を餌におびき出すという田舎芝居もどきの汚い手を用いたわけだが、ここまでくると恥も外聞もないヤクザの出入りと同じで、何がなんでも相手を殺しさえすればよいというだけの話である。

坂東武士の名が泣く、殺人上手の手口と断定してよいが、権力の亡者たる黒幕にとってはこれしきの蛮行は朝飯前だった。

さて当の時政は重保謀殺の間、老黒幕らしく何喰《く》わぬ顔で幕府に出仕していたが、義村が持参した〝謀反人〟重保の首を実検すると、

「されば、重保と重忠は同心じゃ。直ちに軍兵を差し向けよ」

広元に命じて畠山追討の下文《くだしぶみ》を書かせ、待機中の軍勢に出撃を命じた。

いよいよ部下斬決の伝家の宝刀を抜き放つことで、覇権奪還に向けての第一歩を踏み出したのである。

かくて北条義時を先頭に足利、小山、葛西、結城、三浦、和田、安達らを中心とする雲霞《うんか》のごとき大軍が、重忠を迎え討つべく即日鎌倉から出陣した。

『吾妻鏡』には全軍が進発した後に将軍御所ががら空きになったため、広元と善信《よしのぶ》が時政に、

「平将門の乱時には坂東から遠く離れた京でさえ御所の防備を厳重に固められたと申す。ましてや今度の畠山勢はすぐ近くに迫っておりまする。これでは御所を攻められたならばひとたまりもござらぬ」

と申し出て、御所を四百名の壮士で固めさせたとある。

これは幕閣が重忠の実力をいかに恐れていたかを示す挿話である。と同時に、広元や善信などの高官連中さえ、時政の言を鵜呑《うの》みにして重忠の謀反を疑わなかったことがうかがい知れる。

当の畠山重忠はこの時、息子の後を追って夕刻にも鎌倉に入る予定で百数十騎を率いて二俣川《ふたまたがわ》（横浜市）付近まで来ていた。

すでに今朝ほどの重保の横死と大軍の発向は、早馬で重忠に知らされていた。二俣川のほとりに面する小高い丘陵、鶴《つる》ヶ峰の麓《ふもと》に陣取った畠山陣営では、幕府軍の到着に先だって合戦の是非を巡り、重忠と宿将の間で激論が戦わされた。

「お館様、この小勢では敵の大軍を正面から受けて戦うことはかないませぬぞ。ここは一旦菅屋《すがや》館に引き返らせられ、奥州におわす御舎弟《しやてい》の重宗《しげむね》殿や信濃の重清《しげきよ》

殿を呼び寄せられ、また武蔵の秩父《ちちぶ》一族を召されて幕府勢を迎え討つべきでござりまする！」

郎党の本田近常《ほんだちかつね》らは懸命に重忠に撤退を進言した。百数十騎という手勢は、重忠ほどの大族にしてみるとほとんど通常の鎌倉番役並の軍勢であるにすぎない。稲毛重成が敵に回ったとはいえ、重忠が本拠に帰って兵を募るならば、鶴の一声で動員できる軍勢は数千騎は下るまい。

重忠はかつて平氏の命を受けて衣笠城に三浦を打ち破った時には、大軍を催していた。

家柄、力量、人望ともに兼ね備えた坂東八平氏の筆頭格としてそれだけの実力は有していたのである。

にもかかわらず、重忠は頑として兵を退《ひ》こうとはしなかった。声を振り絞るようにして、

「そなたらの申すことはよく分かるが、それはなるまいぞ！　武将たる者、一度出陣したからには、家を忘れ肉親を忘れることこそが本懐じゃ。されば重保が討ち死にした今となってはもはや、本領のことなど考えるにはおよばぬ。

思うても見よ、この小勢でたとえ引き返したとて途中で討たれぬとは限るまい。

また菅屋の我が館とて幾万もの敵兵を防げるものではあるまい。先年、梶原景時は一宮《いちのみや》の館を引き払って逃げだした挙句に途次で討たれておる。

景時にいかなる所存があったかは存ぜぬが、あたかもしばしの生命を惜しむかのごとき、未練がましき振舞いに似ておった。

また、あれでは、さもかねてから謀反の陰謀を巡らしておったかのごとくに思われても致し方あるまい。恥を知るものはあのような無様な死にざまはいたさぬもの。景時の件は我らが戒めにすべきことぞ！」

瞳を潤ませながら、厳しい口調で言い切った。

無論、最愛の嫡子を騙し討ちにされたことで「我が事終われり」とする自棄的な気持ちも幾分は混じっていよう。

古武士の意地と言えば意地であったたし、皮肉な傍観者や、北条のごとき勝ったためには手段を選ばぬ権力主義者の目から見れば、無謀にして愚直な自殺行為ということになろう。

彼はしかし、頼朝や時政がこれまでに幾度も同じような手を用いて、有力御家人の寝首を掻《か》いてきた例を、つぶさに実見してきた。

その時政が従兄弟の稲毛や三浦と組みながら、無実の罪で外孫の重保を血祭りにあげ、謀反人討伐の名目で大軍を差し向けてきたのである。申し開きをして話の通ずる状況でもなければ相手でもない。

さりとて降参すれば、有無を言わさず葛《くず》ヶ岡《おか》で斬首《ざんしゅ》されてしまうことは目に見えていた。

勝負はすでに時政が、重保誅戮《ちゅうりく》のどさくさ紛れに重忠謀反をでっち上げ、大軍の動員に成功した時点でついてしまっていたからである。

また、郎党達のすすめるように本拠地菅屋に戻って反撃するにせよ、北条側にこれだけの手勢が付いたからには万に一つも勝ち目はあるまい。

そうなれば犠牲者は重忠父子や直属の郎従にはとどまらず、一族係累から秩父党全体にまたがることになろう。重忠という武将はそのことを十分に知っていた。「重保が亡き今となっては本領のことを考えるに及ばぬ」という、彼の言葉の背後には、無駄な犠牲を払うことなく、自分の武将としての面目を貫きたいという、周囲に対する思いやりが含まれていたのである。

また同じ滅ぶならば、この場に踏みとどまって小勢で堂々と大軍を相手に戦ってみせることで、自分の潔白を天下に向かって証明したかった。

一族郎党も、敬愛する御大将にこのような悲壮な覚悟を吐露されては、さすがに胸を打たれて、

「お館様がそこまで仰せられるならばもはや何も申しますまい。されば我ら一同、死ぬも生きるもお館様と共にあるまででござりまする！」

かくして、畠山一族は死に物狂いの一戦を試みることに一決し、この二俣川で幕府軍を待ち受けていたのである。

鎌倉を朝早く出陣した幕府軍が二俣川に到着したのは昼過ぎのことだった。川を挟んで両軍が睨《にら》み合うや否や、鎌倉勢の中からは、誰ともなしに、

「おお、これは……」

失望とも驚きともつかぬ奇妙な嘆声が湧きあがった。

当然であろう。雲霞のごとき幕府勢の眼前にいる〝反乱軍〟のありさまたるや、鎌倉を出るとき聞かされていたような〝平将門〟ばりの大軍どころか、ありふれた弱小豪族並のわずか百騎余りの小勢だったからである。

「あわれ、これが天下の畠山殿が鎌倉攻めに催した軍勢じゃと？　馬鹿も休み休み申せ。畠山殿ほどの大名がまこと謀反をなす気ならば、万余の軍は集まろうものを」

誰もが我が目を疑い、異口同音に囁《ささや》き合う。

そうした味方の動揺は、本陣中の総大将北条義時にも肌で感じられた。

（これはまずい。……だから言わぬことではないのじゃ。

父上の強引なやり方はいつでもこうじゃ。亀の前騒動の昔から後先を考えず、場当たりに事を行なっては予と姉上が決まって尻拭《しりぬぐ》い役をつとめさせられる）

いつもながらの父の杜撰《ずさん》なやり口には、思うだに腹が立ってならなかったが、とまれ先決問題はこの場をいかに切り抜けるかである。

謀反人誅戮を名目にここまで大軍を進めた以上は、いまさら引き返すわけにもいかない。

重忠のもとに使者を送って降伏を勧告するという手もないではなかったが、そのようなことをすれば今回の重保の誅戮の責任問題が起こり、北条や三浦が真っ先に非難されることになろう。

（さればやむを得ぬな、ここは味方の士気が衰えぬうちに重忠に黙って死んでもらうほかはあるまい。根が愚直な男ゆえ、よもや逃げるような真似《まね》はいたさぬはず）

口封じのためには、たとえ肉親や親族でも情け容赦なく殺してきた黒幕の子ら

しく決断すると、間髪を入れずに馬上に仁王立ちになり、

「よいか皆の者、直ちに謀反人を討ち取れとの仰せじゃ。敵は小勢なれど一騎当千の畠山勢、相手にとって不足はない。君のため天下のため、心して討ち取るのじゃ。見事、重忠の首があがるまで決して引くではないぞ！」

総攻撃を命じるのであった。

こうした状況であったから畠山勢の奮戦にはすさまじいものがあり、これを何とか取り囲んで討ち取ろうとする幕府軍との間で、川を挟んで数時間にわたって激戦が繰り広げられることになった。

とりわけ重忠本人は、敵の先陣中に安達景盛が主従七騎でいるのを見つけると、息子の重秀《しげひで》に向かい、

「景盛は我が弓馬の旧友ぞ、にもかかわらず先陣で立ち向かってまいるとは天晴れな奴。よかろう、相手にとって不足はない。いざ身命を賭《と》して景盛を討ち果たしてくれん！」

雄叫《おたけ》びをあげながら、先頭を切って景盛勢に切り込んだ。

数度にわたって激しい鍔《つば》ぜりあいを演じ、景盛側の多くの郎従を討ち取ったが、当の景盛は郎従が犠牲になっている隙《すき》に危うく難を逃れることができた。

先代の頼家は自分を陥れた景盛を憎んでいた。重忠はその頼家に北条追討の密命を受け、一度は深く心を動かされそうになった経験を持つ。なろうことなら景盛を討ち果たして、頼家の仇討《あだうち》をも果たしたかった。

かくして一進一退の激戦は数刻続いたが、合戦の勝敗のほうは火を見るより明らかだった。

重忠は強力《ごうりき》無双の猛将の名に恥じることのない奮戦ぶりを見せて数多《あまた》の敵を討ち取ったものの、さすがに人馬ともに疲れが見えてきた。

申《さる》の刻（午後四時すぎ）、重忠が馬上で立ちやすらった一瞬のことである。

先ほどから近くの洞穴に潜んで重忠の隙を窺《うかが》っていた弓の名手、愛甲季隆《あいこうすえたか》の放った矢が深々と重忠の身体を貫いた。

不意を衝《つ》かれた重忠が、いたたまれずにどうと落馬したところを、すかさず季隆が駆け寄って首を挙げている。

これを見た畠山一族は、次々と自害し、ここに桓武《かんむ》平氏の名門中の名門畠山氏はついに滅亡して果てたのである。

幕府勢は、箱根連山に沈み始めた夕日を正面から浴びながら鎌倉街道を帰路についたが、どこにも凱旋《がいせん》軍の面影はなかった。

武蔵国最大最強を謳《うた》われた畠山勢の末路がこれほどまでにあっけないなどとは、誰が予測し得たであろう。

合戦慣れした坂東武士団においても、これ以上後味の悪い勝ち戦はなかった。いったい万余の大軍で百分の一にもみたぬ小勢を打ち破っても、勝利の美酒に酔えるはずはない。

まして彼らが討ち取った相手は、彼らが最も敬愛した武将だったのである。幕府勢が畠山勢の掃討にこれほどの時間と犠牲を費やした理由の一半は、明らかに士気があがらぬためでもあった。

帰途、馬上に揺られながらも義時の耳に聞こえてくる話と言えば、どれもこれも重忠の死を悼《いた》むものばかりであった。

「畠山殿があれしきの小勢で謀反を企てるはずはない。誰か讒言した者がおるはずじゃ……」

誰もが異口同音にそのように噂した。これが数年前ならば、讒言者といえば梶原ときめつけられたところだろう。だが、その景時は今やこの世の者ではない。だとすれば、坂東で畠山一族に恨みを持つものといえば、先ごろ京で重保と口論した平賀朝雅であり、その姑の牧の方、そしてその夫の時政ぐらいしかいなくなるではないか。

「まこと惜しき御仁《ごじん》をなくしたものよ、坂東侍の鑑というにふさわしい御仁であったに。謀反などと申してあらかじめ今少し調べることができなかったものか」

「さよう、故右大将でさえ、梶原の讒を受けて一度は畠山殿を疑われたものの、使者を遣わされて弁明の機会を与えられたと申すに。聞けば稲毛重成が畠山重保を騙して呼び出したそうな。大方重成あたりが畠山殿の武蔵検校職を狙って讒言したものであろうよ」

御家人達の言葉は、そのまま重忠を失ったことへのやりきれぬ思いを意味し、最終的には幕府の実権を握っている北条一族への怨嗟《えんさ》としてはね返ってくるものだった。

それでなくても御家人達の胸底には、時政の粛清政治に対する不平不満がわだかまっていた。

――梶原がいなくなっても、幕府のやっていることは梶原時代と何も変わらぬではないか、という不信が鬱積《うっせき》していたところへ、今回の畠山追討だったのである。

今もし梶原追放の連判状を出したときのような音頭取りがいたならば、時政は一転、第二の景時になるだろう。

一行は日が暮れたので途中で一泊し、翌日未《ひつじ》の刻《こく》（午後二時）鎌倉に戻ったが、その間にも御家人達の時政に対する疑念はいよいよ募っていった。

義時がこうした雰囲気を横目にみながら、

（はやいこと父上を何とかいたさねばこちらが危うくなる。今度という今度こそは父上にも愛想が尽きたわ。この騒ぎを引き起こした責めだけは必ず取ってもらおうぞ！）

ほぞを固めて鎌倉に戻ったことは断わるまでもない。

時政追放

鎌倉に戻るなり義時は、御所に姉を訪《おとの》うて言った。

「御家人方は重忠を讒した張本人を稲毛重成と見て、斬ると息巻いておるものすらおる始末。これを放っておくならば、今に左金吾下ろしや比企討伐の方にも飛火し、父上のみならず姉上や身どもにまで累が及びかねませぬ。

姉上、ここは御決断いただかねばなりませぬぞ。早くこの重忠誅戮の後始末をいたさねば、我らの生命取りになりましょうぞ」

時政の処分をも考慮に含めねばならぬことを示唆した。政子は口を真一文字に結んで顎を突き出しながら、

「わかりました。この度は父上と牧殿にすべての責任をとっていただきましょう。して小四郎、そなた、私に何をなせと申すのじゃ？　まさか重忠の所領をそっくり遺族にかえせなどと申すのではありますまいな」

「無論、さようなことはいっさい御無用。ましてや父上にお渡しになられたのでは、また悪い企みを催されるは必定《ひつじょう》。三浦から聞いた話では、父上は稲毛を誘う際に武蔵総検校職を与えることを餌にいたしたようでございまする。されど父上のことゆえ、本心では重成にまことに検校を与えるつもりなどありますまい。まず身どもが父上に迫って稲毛を切らせましょう。しかる後に準備を整えた上で、姉上に御出馬いただかねばなりますまい」

罪だけを時政と後妻にかぶせて畠山の遺領はそっくり自分達姉弟で分けようという腹らしい。

義時は御所から直ちに名越館《なごえやかた》に出向き、祝宴を張っている時政主従のいる場

で、眉宇《びう》をつり上げながら厳しい口調で父に迫った。

「畠山重忠を謀反の徒と仰せられるが、重忠ともあろう者があれほどわずかな軍勢で、しかも親戚《しんせき》兄弟を各地に残したまま謀反などは企てられようはずもござりませぬ。父上は御家人どもがこの件について何と噂しておるかご存じでござりましょうや？

『哀れ、重忠は坂東武士の鑑の名に恥じず立派に散った。憎きは親族であるにもかかわらず己の野心から重忠を讒言いたした稲毛重成じゃ。あ奴こそ梶原景時にも勝って坂東武士の風上にもおけぬ男じゃ』

ともっぱらの噂でござりまするぞ。かく申すそれがしも、あわれ重忠の首を見てかつての旧交を思い出し落涙を禁じえませなんだ。

このままでまいれば、重成はおろか、幕府そのものが危殆《きたい》に瀕するは必定！　この騒ぎ、父上はいかに収拾なさるおつもりか、それをお伺いいたしたい！　尼御台所も身どもと同心でござりまするぞ」

衆前で父を難詰すれば、たちまちその内容が世間に知れわたるであろうことは十分に計算ずみである。

この手がいかに効果的であるかは、すでに姉政子が頼朝にたいして散々用いて実証済みであった。

「…………」

時政は思いがけぬ義時からの糾弾に返答に窮し、苦虫を嚙《か》み潰《つぶ》したような顔で押し黙っていた。

相手が義時一人ならば、家長権を楯に「この不義不孝者。控えよ。親に向かって雑言《ぞうごん》を申すか！」と頭から怒鳴りつけることもできようが、衆前で尼御台所政子の名を出されたならば、下手に高飛車に出ると、逆に時政が謀反人と見なされかねない。

義時は父が言葉に詰まったとみると、ここぞとばかりに膝《ひざ》を進めて、

「父上、黙《もだ》されて事が済む場合ではございませぬぞ。父上は独断で無実の畠山重忠を誅されたのでござりまするぞ。されば千幡《せんまん》君と尼御台所に何と申し開きをなされるおつもりか！」

「…………」

「臆《おく》されましたるか、父上！」

ほとんど怒鳴りつけるばかりの剣幕で義時が詰めよると、老人はいたたまれなくなった様子で裾《すそ》を払うと、一言、

「分かった。予が片をつければよいのであろうが！」

捨て台詞《ぜりふ》を吐いて退出してしまった。

黒幕たる者、いざ火の粉が自分にかかりそうになれば、なりふり構わずに身代わりのスケープゴートを差し出して、難を逃れようとするものである。

重忠誅戮に続く第二の粛清事件が勃発したのは、時政父子の会見からわずかに数刻後のことであった。

この日の夕暮時、夜陰に紛れて鎌倉を退去しようとしていた稲毛重成、榛谷重《はんがやしげ》朝《とも》兄弟の一族を三浦義村の一隊が経師ヶ谷口《きょうじやつぐち》で待ち伏せして襲いかかり、皆殺しにしてしまったのである。

三浦義村は先には重成と連携して畠山重保をおびき出して殺害し、今度は今度で刃を同輩の重成に向けて生き証人の口を封じた。

『吾妻鏡』はこの稲毛暗殺の件をさも三浦義村が独断で「思慮をめぐらし」て行なったかのように書いているが、これは時政が事件の黒幕であることを隠さんがための曲筆以外の何物でもない。

時政にすると稲毛一族の口を永遠に封じてさえおくならば、今回の畠山合戦の責任をすべて稲毛一人に擦《なす》り付け、獲物の分け前を独占できるのである。

現代流に言えば〝トカゲの尻尾《しっぽ》切り〟というわけだが、稲毛一族は本来今回の騙し討ちの最大の功労者として武蔵総検校職を与えられるところを、急転直下、殺人上手の黒幕の自己保全のために闇《やみ》から闇に葬り去られねばならなくなったわけである。

このようなことをもし義村が独断で行なったならば、たちまち彼自身が謀反人扱いされよう。

現在の義村は、第二の梶原景時として時政の秘密警察隊長役をつとめていた。無論、政子が時政の背後にいて重忠暗殺を黙認していることを知っていればこそ、安心して秘密警察稼業を行なうこともできた。

もっとも見方によっては、稲毛暗殺は時政があらかじめ三浦と仕組んでおいた筋書きだったという可能性もなくはない。

それというのも、時政自身、口封じのための暗殺はお手のものだったし、今回の稲毛暗殺に関しても、いかに機敏な事後処置をしたにもせよ、追討軍が凱旋してからわずか数時間のうちに三浦勢を動員して、稲毛一族を皆殺しにすることは物理的にも難しいと思われるからである。

重忠の謀反が単なるでっち上げにすぎぬことは、遅かれ早かれ世間にわかる話であった。従って時政は、始めから畠山事件を稲毛の讒言による誤殺に仕立てあげる手筈《てはず》だったかも知れない。

ただ、御家人達の騒ぎが予想外に大きかったために、予定を繰り上げ急遽稲毛一族の騙し討ちに踏みきったものでもあろうか。

またもし、稲毛重成が頼朝の奇怪な頓死事件に深く関《かか》わっていたとするならば、なおさらのこと時政にとっては早急に口を封じておかねば安心できぬ存在だったと言えようか。

ちなみに『吾妻鏡』は、畠山事件の主犯をさも牧の方と重成であるかのようにでっち上げ、

〝牧の方は畠山重保が娘婿の平賀朝雅と口論したことを恨んで、しきりに夫時政に畠山一族を讒言した。そこで時政は事を稲毛重成に相談したところ、重成は日頃から親族の畠山重忠を恨んでいたので、謀略をめぐらせると畠山一族を鎌倉に呼び出して殺した。事件の元凶はひとえに重成の奸謀《かんぼう》にある〟

さらに今回の追討軍の総大将たる義時の立場を弁護して、

〝義時は、最初に時政から畠山誅戮の相談を受けると、重忠が廉直《れんちょく》な武士であること、また先年、重忠が頼家の密命を受けたにもかかわらず、最後には義理の

親子の関係を重視して北条側に付いたこと、また彼は頼朝からも信頼を受けていたことなどを諄々《じゅんじゅん》と説いて、極力父を諫《いさ》めようとした。ところがこの話を聞いた牧の方が、使者を義時の元によこして、

『畠山の謀反は明らかなことです。されば私は君（実朝）のため世のために、畠山が謀反を企んでいると申したのです。にもかかわらず、そなたは私が継母であるという理由から重忠側に立ち、私を讒言者に仕立てあげようとする気ですか！』

と親子の義理を楯に迫ってきたために、やむなく畠山追討することを承知した〟

まるで義時こそは重忠の真の理解者であったと言わんばかりの書き方さえしている。

けれども義時が行なったという重忠弁護なども、かつて頼朝が讒言者の言葉を信じて上総介広常を殺したことを悲嘆したという筆法と同じパターンの繰り返しである。

実際、義時はこの後も同様に義村と連携しつつ、時政の真似をしたとしか思えぬ手口で実朝をはじめとする多くの暗殺事件を手がけている。

そのような男が、北条の天下支配にとっては目の上の瘤《こぶ》と言うべき重忠の死に心底から涙したり、満腔《まんこう》の同情を注ぐようなことは金輪際ありえぬ話だった。

仮に義時が重忠誅戮計画に批判的だったとするにせよ、それは時政の勢力拡大を警戒し、後妻の牧の方に対抗し、先妻の子たる政子姉弟の立場を防衛するためのものでしかなかった。

北条一族の政略結婚地図を見ればわかるように、彼らにとっては武蔵国の存在は垂涎の的だったし、頼家の暗殺、比企追討から始まる一連の有力者潰しは、彼らにおける既定方針だった。

事実、武蔵支配への野望という点で、政子や義時は、時政と同じ穴のむじなでしかなかった。

その証拠に畠山合戦の翌七月八日になると、幕府は早速、政子の名で重忠から没収した所領を畠山合戦の勲功者に分け与えている。

加えて、二十二日には今度は政子自身が、自分の召し使っている女房達に重忠の没収地を授けさえしているからである。

このような処置は義時や政子が、重忠のことを心から無実の武将として認めていたならば、逆立ちしてもできぬ業であろう。

と同時に彼らが常日頃からいかに巧みにその場のがれの出まかせで御家人達を欺いていたか、しかも裏へ回っては己の利権確保に狂奔していたかということを、如実に示す処置と言えよう。

　また、この時期に時政ではなく政子の計らいとして恩賞を授けたことは、畠山合戦における時政の失敗という事態を受けて政子姉弟が逆襲に転じ、鎌倉の事実上の主が政子にほかならぬことを改めて天下に誇示した措置と見られよう。自分達が率先して非道をしでかしておきながら、他人に濡《ぬ》れ衣《ぎぬ》を着せることで世間の非難を回避し、もらうべき分け前だけはがっちりと取る。

　時政が重成を殺したのもそうした権力主義者流の自己保全策であったし、同じようにこの時期の政子姉弟は、頼家殺害から畠山合戦にいたる罪のすべてを時政夫婦にかぶせることで、自分達の権勢を確保しようとしていた。

　重成を殺したことは確かに当面の口封じにはなったが、御家人達の時政に向けられた疑惑の眼差《まなざ》しは一向に収まる気配が見えない。

　すでに御家人達の間には誰が言い出すともなく、頼家殺しの張本《ちょうほん》は時政ではないかという噂が広まりつつあった。もしこの世論が高まるようなことにでもなれば、たとえ頼朝未亡人の政子の権威をもってしても、いずれは北条一族全体が将軍弑逆の責任を問われることになろう。

革命政権内部のこの種の権力闘争において、もっとも重要な鍵《かぎ》を握る存在は、自分の意のままになる超法規的な警察機構、すなわち秘密警察である。この点では、中世の武家政権も現代世界の独裁政権と似たようなものだと言ってよい。

頼朝が超絶的な将軍独裁を確立し得た背景には、梶原景時という秘密警察長官の存在が大きかったように、今や時政の執権体制を支える最大の基盤は、景時の後継者としての三浦義村の存在だった。

要は父時政の追放を企てる政子姉弟にとっては、何をおいてもまず義村を押さえることが必要とされたのである。

相模、土佐両守護をかねる三浦義村が政子の急な召しによって御所に参上したのは、畠山合戦から一月あまり過ぎた閏《うるう》七月半ばのことだった。

義村は年の頃は四十を少し回ったというところか、三浦一族共通のいかつい角顔に、やや垂れ気味の射るような目、顔の輪郭に不釣合いなほど大きな八の字髭《ひげ》が特徴的な容貌である。

頼朝在世中からのお膝元《ひざもと》の相模守護職として威をふるってきたが、頼朝がいかに義村を信頼していたかは、征夷大将軍の任命時に彼を幕府草創の功臣の筆頭として、勅使から将軍宣下の除書《じしょ》を受け取る役に任じたこと一つを取ってみても明らかであろう。

その男が主君の没後は掌を返したかのように、景時誅殺と頼家殺しに荷担し、時政の走狗《そうく》として秘密警察役をつとめるまでになった。寝返りの最大の原因は、義村自身の権勢欲と恩賞への不満である。

頼朝は将軍専制政治を確固としたものにするために、有力御家人の勢力拡大を警戒して大領を与えぬ方針であった。

従って三浦一族に対しても、表向きは大いに持ち上げて見せたものの、現実には相模守護以外にこれといった恩賞を与えなかった。

それればかりか三浦の庶流にすぎぬ和田一族をことさらのように優遇し、御家人筆頭たる侍所別当職《さむらいどころべっとう》につけるなど、三浦嫡流の神経を逆撫《さかな》でにするような施策を執りさえしていた。

三浦氏というのは介の字が付くことで分かるように代々、国司の次官の家柄である。国司自身は遥任《ようにん》といって任地には赴かなかったし、相模には目代《もくだい》が置かれていなかったから、事実上の相模国を支配してきた家柄だと言ってもよい。

そのような三浦一族が、命がけで頼朝をかつぎ上げた恩賞が相模守護職一つだとあっては、何のために戦ってきたか分からなくなる。

父義澄《よしずみ》の代までは我慢を重ねて隠忍《いんにん》に徹してきたものの、若い義村の代になってからは、もはや忍耐も叶《かな》わなくなったというわけである。

義村の母は政子の亡母と同じく、伊東祐親《いとうすけちか》の娘である。

北条一族はこの縁を利用して、頼朝の死後は、急速に三浦との連携を深めていった。

弱小豪族の北条にしてみれば、頼家おろしの陰謀を成就させ、政権の基盤を維持するためにはどうしても三浦の軍事力の支えが必要であったし、義村にしてみれば北条と組むことによって、父祖が果たせなかった勢力拡大をはかり、なろうことならば第二の北条として、天下に威をふるいたいところだった。

その結果、義村は梶原景時の追放に始まる一連の北条氏の陰謀に、深く荷担することになった。

同時に北条側からも共犯の見返りとして泰時の妻に義村の娘を迎え入れたり、頼家の病気のどさくさまぎれに土佐守護職に任命したりした、という次第だったのである。

義村は頼家の廃位の当初こそ政子の命を受けて、時政の名越館にいた千幡を連れ戻す役を行なうなど、政子姉弟側についたかに見える義村だったが、その後は再び時政に接近し、今回の畠山合戦では時政の右腕として、粛清の先頭に立つまでになった。

幕府宿老としての義村の目から見るならば、時政と義時を比較すると、時政の方がはるかに信頼があったし、重みも感じられたからである。

何と言っても時政は年齢、経歴からみても元老にふさわしかったし、才走った義時などよりも信頼できるというのが、大方の宿老の見方だった。

だがここへ来て、時政に対する信頼は、畠山重忠と稲毛一族の誅殺によって、音を立てて一挙に崩れつつあった。

〝殺人上手〟の源氏の郎党らしく、有無《うむ》を言わさぬ騙し討ちのお先棒を担いできた義村としては、気が気でなかったところへ、政子から呼び出しがかかったのである。

政子は義時一人を伴って現われると、緊張気味の面持ちで平伏する義村に、艶然と微笑みかけながら言った。

「義村、私とそなたは母の代からの親族の間柄じゃ。さように硬くなるにはおよびませぬ。右大将もそなたこそは幕府草創時の最大の功臣とされていたほどじゃ」

のっけから相手を呑《の》んでかかるのは、この女の十八番である。義村は辞儀を崩さずに、

「かたじけのうござりまする。右大将が薨去《こうきょ》なされてから六年、月日の経つのはまことに早き思いがいたしております る」

そつなく受け流す。

「さればじゃ、今日そなたに来てもらったのはほかでもありませぬ。君のため、天下のため、ゆゆしき謀反の企みが発覚いたしたからじゃ」

「はて？　謀反とはまた誰がさようなけしからぬ企みを」

〝御命とあれば誰でも討ち果たしてみせましょう〟という含みを言外ににじませながら、義村は窺うように政子の白面を見上げた。

〝謀反〟と言えば次に来る言葉は、〝誅戮〟しかないのが武家政権である。

このところなりふり構わず立て続けに粛清の下手人役を仰せつかってきた義村としては、いやがおうでも関心を持たざるを得ぬ話であった。

「されば謀反人とはほかでもない。牧の方と遠州《えんしゅう》（時政）のことじゃ」

政子は故将軍の御台所として父母を臣下扱いしながら、ずばりと正面から言い放った。

「はあ？」

開いた口が閉まらぬといった痴呆《ちほう》顔で、義村は問い返した。

日頃から北条の姻戚《いんせき》としてお家の事情を知る者らしく、内心ではどうやら〝この尼は倅に続いて今度は父親を殺すつもりであるのか？〟とでも問い返したいのであろう。

政子はしかし、興奮したときの常で、相手の反応などには一向無頓着《むとんじゃく》に、

「とりわけ、憎きは牧めじゃ。あの女は遠州を色香でたぶらかして正体をなくさせてしもうた。のみならず京都守護職の娘婿平賀朝雅と組んで、忠臣の畠山重忠を讒して死にいたらしめた張本人じゃ。世間の恨みは今やあの女と朝雅の上に集まっておりまする。

それで懲りたと思いきや、このたびはまたもや将軍を弑逆して、朝雅を将軍位につけんといたしておる！　証拠はすでにあがっております。そもそも無実の畠山を讒言したことにしてからが、謀反の証拠じゃ」

自分がその無実の重忠の所領を没収して、女房達に勝手に分かち与えたことを

棚に上げて、政子は平然と言い放った。

こうなると論理も何もない。先妻の娘と後妻のお定まりの泥沼化した〝女の闘い〟でしかあるまい。

「あ、いや、それは」

さすがの暗殺隊長も、これには二の句が継げぬ様子で、沈黙するしかなかった。

「いかがいたした。相模介、そなたはよもや謀反の徒の味方をいたして、君に矢を射るつもりではあるまいな」

義村は依然渋ってみせて、

「されど、牧殿の謀反話は以前もあったこと。また執権は幕府草創の元老にござりますれば、よもやさような御振舞いは」

叩《たた》けば埃《ほこり》しか出ぬ身であることは、義村も北条一族もさほど隔たりはない。政子が父時政を謀反人呼ばわりするならば、我が意に添わぬ先代将軍とその嫡子を惨殺して、次子を擁立した政子姉弟こそ、真っ先に謀反人と呼ばれてしかるべきである。

(似たもの親子の内輪喧嘩《げんか》に肩入れなどしとうないわ。やるなら自分達で勝手にやってもらいたきものじゃ。右大将との痴話喧嘩同様、継母がらみの親子喧嘩な

ど犬も食うまいて）

というのが義村の本音であった。殺し屋も雇主あっての殺し屋なのである。雇主同士が内輪もめしていては仕事にも手柄にもならない。

このまま行くならば、義村は最後まで時政と進退をともにする道を選んだことだろう。

最初からその覚悟があればこそ畠山を討ち、返す刀で重成を闇から闇に葬ってきたのである。いまさら政子派に鞍替《くらが》えしたところで、現在の義時の実力では時政ほどの見返りは期待できまい。

ところが次の瞬間、この殺し屋が思わず度肝を抜かれるような出来事がおこったのである。

ほかでもない、政子は女の直感で義村のふてくされたような態度から心中を察するや、出し抜けにがらりと態度を変えて、

「義村、助けよ！」

尼の仮面をかなぐり捨てて、御所中に響きわたるような金切り声をあげたからである。

「………」

愕然《がくぜん》とする義村に政子は畳みかけて、

「そなたとて、もし重忠の無実に加え、頼家の事が公になるならば、いかがなるやも知れぬ。私に加勢いたせば、将来とも悪いようにはいたさぬ。義村、助けよ！　助けるのじゃ！」

冷静に考えるならば何の脈絡もないヒステリイの発作めいた生理的な言葉にすぎなかったが、由来、男という動物は下心を持つ者ほどこの手の女性の飛躍した論理には、からきし弱い者が少なくない。

ある種の人間にとって性欲と権力欲は、ともに同じ征服欲という母から生まれた双生児であるにすぎない。

政子の夫に対する独占欲や嫉妬《しっと》も裏を返せば、この征服欲の変型であるとも言えるし、いま時政の驥尾《きび》に付して権力の階段を上り詰めようとしている義村にとってはなおさらのこと、そうした比喩《ひゆ》が成り立とう。

早い話、義村が政子の言葉から受けた衝撃は、やや卑俗な比喩を用いれば、恐る恐る遊窟《ゆうくつ》に一歩足を踏み入れた男が、いきなり物陰から全裸の遊女にぬっと腕を捕まれたような状態だったと言える。

それというのも「助けよ」という一語に政子は己の生身の〝女〟を赤裸々に晒《さら》

しながら、暗黙のうちに〝頼家殺害後の共犯者として自分と運命をともにして寝よ〟と義村に迫っていたからである。

泣く子も黙る秘密警察長官も、こうなるとうぶな童貞男のようにたじたじとせざるをえなくなった。

するとこれまで押し黙って、剃刀《かみそり》のような視線を義村の横顔に浴びせてきた義時が、満を持《じ》していたかのように、

「相模介、すでに尼御台所の仰せは下ったのじゃ。謹んでお受けいたすがよいぞ。君のため天下のため、そして御身のためじゃ」

いたって平然とした事務的な口調ながらも、最後の御身のためという言葉に含みを持たせて言った。

裏返しに言えば、

〝もしこの申し出を断わったならば、そなたは梶原景時の運命を辿《たど》ることになるぞ〟

という威嚇が潜んでいる。義村が窮したように黙していると、義時は上司の相模守らしく今度は一段と声を張り上げて、

「相模介義村、相模守が命じておる！　かしこくも故将軍御台所の仰せである

ぞ！　そなたがこたびの事をお受けしさえいたせば、畠山と稲毛誅罰《ちゆうばつ》のことは不問に付すとの有難きご意向であらせられる。謹んでお受けいたせ！」

その時、ふと義村は背後の襖の向こうに、微かな鞘鳴《さやな》りめいた物音を聞きつけたような気がして、背筋に戦慄《せんりつ》が走った。

（さては予が断わったならば、この場で上意討ちにする気じゃな）

と直感したのである。それが頼朝以来の部下斬決権の正体であることは、自身が二度までも時政の命で斬決権をふるってきただけに、一目瞭然《いちもくりようぜん》のことだった。

事ここにいたってはさすがの義村も、もはや言い逃れはできぬと観念せざるをえない。

「されば義村、もはや何も申しますまい。臣下といたしては尼御台所の仰せに従い奉るまでにござりまする」

どうせ自分はこれまで重保と稲毛一族という無実の者達を殺して、世評の悪い人間である。

毒を喰らわば皿までではないが、ここまで来た以上、

（殺せと言われるならば相手が誰でも討ってみせるわ！）

という自棄糞《やけくそ》じみた居直りで乗り切るほかはあるまい。

義時は我が意を得たりとばかりに膝を打って、

「おお！　それでこそ天下の三浦一族の主、源氏重代の御家人の鑑と申すべき者じゃ。謀反と申しても遠州が抵抗さえいたさねば別段討つまでもなきこと。出家せしめて故郷でゆっくりと余生を送らせればそれで済むことじゃ。ただし、畠山を讒した平賀朝雅のみは許しがたきゆえ、直ちに討っ手を差し向けよとの御命である。すぐさま兵を集めて仕度にかかるがよかろう」

つい先日まで雲霞のごとき鎧《よろい》武者《むしゃ》に溢《あふ》れていた鎌倉だが、畠山合戦が終わってからというもの大半が帰国の途についていた。

このような状況下にあっては、三浦が味方しさえすれば軍事的には誰一人として敵《かな》う者はいない。かくなる上は時を移さずに一挙に片をつけるということに話はまとまった。

義村が退ると、やれやれという吐息をもらしながら、義時は姉に言った。

「おめでとう存じまする。あの様子では義村は我らを裏切ることはござりますまい。これで姉上はもはや幕府に並ぶ者とてなき尼将軍になられたも同然でござりまする。義村が応じなんだならば、いかが取り計らおうか悩んでおったところにございまするよ」

「今後もゆめ油断ができぬ男じゃが、中味は気が小さき侍じゃ。相模守護として用いようによってはこれからも役に立ちましょう」

政子は言うと、いつの間にこのような権謀を身につけたのかと、唖然《あぜん》として姉の顔を見上げる義時に対し、凄味《すごみ》のある艶然とした微笑みを投げかけるのであった。

*

政変が勃発したのは、畠山合戦から二カ月後の閏七月十八日深夜のことであった。

政子の命を受けた三浦義村を中心とする大軍が、突如として名越館を取り囲んだのである。

義村は昨夜中に何食わぬ顔で一族郎党を自邸に召集していた。相模を本拠地とする三浦氏ならではできぬ芸当である。

『吾妻鏡』によればこの時、時政の館には先年の騒ぎと同様に実朝が滞在しており、軍勢は実朝を力ずくで取り返すために名越館に入ったとある。

しかも、時政はこの処置に憤ると直ちに手勢を召そうとしたが、郎党達までがこぞって時政を裏切り、義時の小町館に入ってしまったと言う。

実朝奪還の話の方は、先年の牧の方の害心計画の二番煎《せん》じであるにすぎない。実朝は元服したとはいえ、母の後見を受けている未だ少年の身であった。危険な時政の館に逗留することを政子が許すはずもない。

ただし時政の郎党達が寝返ったというほうは、恐らく政子姉弟によって大方切り崩された結果だったと推察される。

稲毛の口を封じたことで安心していた時政にとっては、無論これは寝耳に水の話である。

夜中、従者にたたき起こされたときには、すでに館の回りは包囲され尽くした後であった。

「何じゃと、謀反じゃと？　さようなことがあろうはずもない！　早う三浦館へ使者を遣わせて義村に手勢を率いてまいるように申し伝えるのじゃ」

「お館様、その三浦勢が敵の主力でござりまするぞ」

「馬鹿も休み休み申せ！　三浦が予を裏切れるものか」

けれども枕元《まくらもと》の太刀を摑んで夜着のまま物見台に駈《か》け上った時政が目にした

ものは、紛《まご》うことなき昨日までの親衛隊の旗印でしかなかった。

もはや事がここまで来てしまった以上、さすがの老黒幕にも抵抗の手段はいっさい残されてはいなかった。

「抜かったか！　よもや政子と義時が三浦を抱き込んでおろうとは知らなんだわ。あの親不孝者めらが、いつの間に親に刃を向ける非道の徒になりおったか！」

天を仰いで悪態をついたが、もともと政子らの陰謀癖は親の自分に似ただけの話であったし、非道を言うならば時政自身が散々繰り返してきたことであるにすぎない。

昨日まで大軍を鶴の一声で動員できたこの男は、一夜明けてみると子飼いの郎党達にも見放され、がらんとした名越の大邸宅に後妻とわずかな召使だけで住む一老人になり終わっていた。

政変などと言うものは今も昔もそのようなもので、権力の坂道を転げ落ちた者を待つものは凋落者《ちょうらくしゃ》の悔恨と悲哀のみである。

十九日子《ね》の刻（午前零時）すぎ、大勢は決したと判断した政子が、義時以下の軍兵を引き連れて名越館に乗り込んできた。

時政は寝殿の上座に監視の鎧武者達に取り囲まれるようにして、ただ一人憮然《ぶぜん》

たる表情で座っていた。娘の姿を認めると、

「尼御台所、父がかようにおちぶれた様を見てさぞ満足であろうな。この上は予をいかがいたすつもりじゃ？　娘だてらに父に向かって腹でも切れと申すつもりか。さもなくば父に土下座でもして生命乞《いのちご》いをせよとでも申すか？」

自嘲《じちょう》と居直りが入り交じった投げやりな台詞《せりふ》を吐いた。政子は〝不義不貞の父〟の末路の姿を、勝ち誇ったような蔑《さげす》みを込めた眼差しで見おろしながら、

「父上にはこの場で直ちに髻《もとどり》をおとされ、出家していただきまする。しかる後に伊豆にお移りいただきまする」

出家させて伊豆送りというのは、先年頼家を出家させた処置と同じである。

時政の表情からさっと血の気が引いた。

「尼御台、そなたはまさか予を……」

——自分達が頼家に対して行なったように後で刺客に殺させるつもりか、と言いかけて何も知らぬ御家人達の手前、あわてて言葉を呑《の》み込む。

「御安心なさりませ、父上」

政子は女性権力者特有の優越感に溢れた微笑を見せながら、

「父上が大人しゅうなされる限りにおいては誓って何もいたしませぬ。その代わ

りに今後は一歩たりとも北条の地をお出にならぬようにお願いいたしまする」

「牧はどういたす気じゃ。北条に連れてまいってもよいのであろうな？」

哀願するような眼差しで尋ねる老父に、娘は言った。

「牧殿にも父上と同じ約束をしてもらえるならば、別に支障はございませぬ」

「そうか、それは有難い」

時政にとっては牧の処遇は最も気がかりだったことだけに、がっくりと肩を落としてよほど安堵《あんど》したような表情である。

政子は父に改めて釘《くぎ》を刺すように言った。

「父上。今後は二度とあらぬことをお考えなされぬよう、我らに北条の名に傷がつくがごとき振舞いだけはしてくださいますな。よろしゅうございまするな」

言うまでもなく、これは時政が不審な動きをしたことが分かったならば、今度こそは殺さねばならぬという意味である。

すでに北条からほど遠からぬ修禅寺の地では、範頼と頼家の二人が闇に葬られている。いずれの粛清も時政が表舞台に立っていたとは言え、政子の暗黙の了解なくしてはできぬことだった。

腹を痛めた我が子さえ敵と見なせば殺して顧みなかった娘の言葉であるだけに、

単なる脅し文句にはない凄味があった。

もっとも傍目《はため》からみれば、政子の処置が実家の北条を偏重したものであることは疑いようもない事実である。

相手が我が子であれ、夫の親族であれ、敵対するものはすべて誅戮して止《や》まなかった女房が、実の父だけはどれほど大それた失態を犯しても助けようとする。世間体《てい》を憚《はばか》り、親殺しの汚名を浴びずに済むように〝無血革命〟を選んだわけだが、やはり実家に対してのみ思いやりを示したと言うべきであろう。他家はどうなろうが構わぬが、北条の名だけは汚すまいという意識があればこその話であった。

「わかった、すべてはそなたの申すとおりにいたそうぞ」

時政は最後に観念したように呟《つぶや》くのであった。

大広間では早速、政子姉弟以下、義村や朝光らが見守る中で時政の出家の準備がなされ、断髪式がとりおこなわれた。

「遠州殿、除髪に際して法名をお選びなされませ」

検分役から法名を書き記すように懐紙を差し出されると、時政はしばし瞑目《めいもく》し考えた後に、矢立に墨を十分にふくませて、

「明盛」

という二文字を墨痕淋漓《ぼっこんりんり》と大書して、意味ありげな一瞥《いちべつ》を、政子姉弟に投げかけるのであった。

——明盛。恐らくこの場に居並ぶ者達の中でこの法名の意味するところを知る者は、政子姉弟のほかにはいなかったろう。

明盛の音は名声に通ずる。〝自分こそは落魄《らくはく》した北条に名声をもたらした中興の祖だ〟という、時政の自負が一方にある。

また〝明〟の字を字義通りに明《あき》らめる意とすれば、知っての通り〝盛〟の字こそは平清盛以下の平氏一門が諱に用いていた字にほかならない。従って時政はこの法名によって、〝自分は源氏の家来ではなく、平直方《なおかた》の血を引く平家の人間として、北条の名を天下に明らめた〟と密かに宣言したわけである。

言うまでもなくこの平家意識こそは、時政が二十年前に持仏の胎内銘文に「平朝臣《あそん》時政」と主君頼朝への呪文《じゅもん》を記した時以来の「後昆の宿意」だった。

時政は事破れた後も、なおも我が娘に対し〝そなたは平氏北条として天下を取れ〟と法名で諭《さと》したわけである。北条が天下を取るとはすなわち源氏を滅ぼすことにほかならない。

大胆不敵というか、身のほど知らぬ田舎武者ぶりと言うべきか。いずれにせよ、時政の法名が源氏へのあくなき報復の勧めであり、最終的には実朝殺しに帰着せざるを得ぬことは、政子姉弟には通じぬはずはなかった。

ちなみに『吾妻鏡』は相変わらず時政追放劇については最後まで牧の方首謀説を唱えているが、実際に牧の方は、時政に最後まで連れ添って死を看取ったし、その後は京へ移り住んだとみえ、夫の法事を催した記録が残っている。彼女が主犯ならば、政子は決してこのような寛大な処置を取るはずもあるまい。

前述したごとく、北条一族と『吾妻鏡』に共通するさかしらな常套手段は、陰謀や事件の黒幕として北条の名前が出そうになるたびに、誰かに罪を擦り付けてしまうというものだった。

梶原事件時、結城朝光に〝景時の陰謀〟なるものを密告したのは阿波局であったし、曾我《そが》事件の際、追及の手が時政に延びようとした時には、政子自身の機転で範頼に濡れ衣を着せることに成功している。

また、その昔、頼朝の浮気を政子に知らせて夫婦仲を裂こうとしたのも牧の方だったとされており、前回の実朝毒殺未遂の時も彼女の企みにされていた。

なぜこのように再三にわたって女性を陰謀の主役に登場させるかと言うと、これにはわけがある。

女性が主犯であり、女性を楯にする限り、事件の真相追及が手ぬるくなるし、〝女子供を斬るのは武士の恥〟ということで死刑も行なわれぬからである。

まして武士たる者が女性を利用して陰謀の隠れ蓑《みの》にするなどということは一般武士達には考えられもせぬ卑怯《ひきよう》未練な振舞いだった。

北条一族という権力主義者集団はこの点を誰よりもよく知って利用していたと言うべきだろう。

実際に戦前だったならば、もし歴史家が武家時代の創設者たる源頼朝やその後継者の北条一族が、女性を利用して天下を奪ったなどと書こうものならば、武家政治の歴史教育を歪《ゆが》めるものとして恐らく検閲や発禁の対象になったにちがいない。

ところが現実にはこうした国民の歴史教育をよそに、武家政治を創始した頼朝は、恩赦目当てに伊東祐親の娘や政子に言い寄ったたし、こと愛人問題や女房の嫉妬に関しては、からきし意気地をもたぬ単なる〝佐兵衛《すけべえ》〟の優男《やさおとこ》にすぎなかった。北条一族もまた、火の粉が降りかかるたびに、政子の袖《そで》の陰《かげ》に隠れながら権勢を掌握してきた。

少なくとも武家支配七百年の創始者達自身が、このように〝武士の風上にも置けぬ〟振舞いの実践者達であったことなどは、戦前はむろん戦後ですらほとんど論じられなかったことは事実である。

武家支配とその道徳観が、我が国の文化や学問に与えた影響は、それだけ巨大だったわけだが、これなどはまさしく歴史そのものが、後代の歴史学に与えた最大の皮肉の一つと言うべきであろうか。

政変の後日談に一言触れておくと、時政出家の翌二十日、政子の命によって義時が第二代執権に就任し、五日後には京都守護の平賀朝雅が在京御家人の襲撃を受けて誅殺された。

さらに十日後の八月七日になると、今度は宇都宮頼綱《うつのみやよりつな》が叛心《はんしん》を疑われるという事件が起こっている。ただし、この場合は追討使に任じられた重臣の小山朝政《ともまさ》が、出陣を固辞した上に、頼綱も恭順を誓って出家したため、政子姉弟もしぶしぶ追討を思いとどまっている。

頼綱もまた時政の娘婿であったから、政子姉弟は朝雅と同様、腹ちがいの縁者の大半を抹殺しようとしていたわけである。

とまれ政子姉弟は、この時政追放劇によって畠山事件の責任のみならず、これまでの頼家追放後の粛清政治の責任を、時政と牧の方に覆いかぶせた。同時に、血脈的にも将来義時の嫡流を脅かしかねぬ異母兄弟の婿達を、一網打尽にすることに成功し、あらためて自分達が北条の嫡流であることを、天下に公言したのである。

鎌倉の鵺《ぬえ》

篠 綾子

著者プロフィール　しの・あやこ◎第4回健友館文学賞受賞作『春の夜の夢のごとく　新平家公達草紙』でデビュー。短編「虚空の花」で第12回九州さが大衆文学賞佳作受賞。おもな著書に『青山に在り』（新生第一回日本歴史時代作家協会賞作品賞受賞）、『蒼龍の星』『酔芙蓉』『天穹の船』、主なシリーズに「更紗屋おりん雛形帖」（第6回歴史時代作家クラブ賞シリーズ賞受賞）、「江戸菓子舗照月堂」「小鳥神社奇譚」「万葉集歌解き譚」など多数。本作は、このアンソロジーのために書下ろされた作品である。

一

建久《けんきゅう》九（一一九八）年の末、橋供養に出かけた鎌倉殿《かまくらどの》が馬から落ちた。誰も予想していなかったこの出来事が、有力御家人たち十三人の合議制が成立したそもそもの発端となる。

馬に乗り慣れていたはずの源頼朝《みなもとのよりとも》が、速度を上げて疾走していたわけでもない帰路において、何ゆえ落馬などしたのか。後々まで残る謎となったが、とにかくこの落馬がもとで頼朝は寝付いてしまった。

翌建久十年が明けて間もなく、快復の見込みが立たずに出家。その二日後となる一月十三日、ついに亡くなった。

家督は北条政子《ほうじようまさこ》を母とする嫡男頼家《よりいえ》が継ぎ、二代目鎌倉殿となったのだが、この時わずか十八歳。その若さが御家人たちの不安を招き、頼朝の死去から明日で三月《みつき》という四月十二日、「今後一切の訴訟は、有力御家人たち十三人の合議によって取り仕切られる」と決まった。その十三名の中に、若き鎌倉殿の乳母夫《めのと》である比企能員《ひきよしかず》も名を連ねていた。

（まずは、よし）

この日、御所を出た能員は足を比企《ひき》ヶ谷《がやつ》の館へは向けず、鶴岡八幡宮《つるがおかはちまんぐう》へと向けた。合議の一員に名を連ねることになったお礼参りをしなければならない。さらには、

（一幡《いちまん》君のことをくれぐれもお頼みしておかねばな）

との思いからであった。

一幡とは昨年生まれた頼家の長男で、その生母は能員の娘である。

能員はこれまで比企氏の当主として頼朝に重用され、信濃《しなの》、上野《こうずけ》の守護にも任じられていたが、順調な出世のそもそものきっかけは「比企尼《ひきのあま》」と呼ばれる伯母が頼朝の乳母《めのと》だったことだ。

比企尼は流人時代の頼朝を二十年支え続けた。やがて、坂東《ばんどう》武者たちを従えて鎌倉殿となった時、それまでの恩に報いる形で、頼朝は比企尼の猶子《ゆうし》となっていた能員を引き立てたのである。

比企尼の実の娘三人は、長女が安達《あだち》氏、次女が河越《かわごえ》氏、三女が平賀《ひらが》氏という有力御家人にそれぞれ嫁いだ。さらに、次女と三女は母に倣《なら》って、頼朝の嫡男頼家

の乳母となっている。

この頼家の乳母には、能員自身の妻である凪子《なぎこ》も抜擢され、能員は頼家の乳母夫の立場を得た。そして、能員と凪子の娘である若狭局《わかさのつぼね》は、頼家の妻となって一幡を産んだ。

このように、義母、義姉妹、妻、娘が鎌倉殿の家と深く関わり、乳母ないし妻となって、能員を支えてきた――それが比企氏である。

だから、「比企能員は、女どものお蔭で出世できただけの能無しぞ」というやっかみの声があることを、能員自身も知らぬわけではない。

(何を言う。やっかまれながら今の地位を無事に保つのが、いかに大変なことであるか)

と、能員は内心で、その手の声に反撥していた。ひと度、身のほど知らずの野心を持つと疑われれば、明日にも命を奪われるかもしれない――それが、この鎌倉であった。

そうやって、斃《たお》れてきた者を、能員は幾人も知っている。

頼朝の異母弟である蒲殿範頼《かばどののりより》、九郎判官義経《くろうほうがんよしつね》、そして、義経の岳父であった河越重頼《しげより》。

(河越殿は、まことお気の毒であった。あの方が生きてさえいれば、合議に連なる宿老は十四人であったろうに……)

今でも、河越重頼のことを思うと、能員は胸が痛む。重頼とは同じ武蔵国を本拠とする者同士、付き合いも深かった。比企尼の次女が重頼の妻となっているから、義兄弟でもある。

ところが、この重頼の娘の郷《さと》が義経の妻となった。母方をたどれば、比企尼の孫娘である。

頼朝にとって身内も同じ比企尼の孫娘を与えることは、異母弟への厚遇だったのだろう。もう一人の異母弟である範頼にも、同じく比企尼の孫娘の一人を妻として与えている。

範頼と義経は頼朝を助け、平家討伐の将軍を務めた。その当時は、頼朝もこの異母弟たちを信頼していたのだ。

しかし、頼朝はやがて義経への不信を強め、その岳父である河越重頼にも疑惑の目を向けた。

(河越殿に野心などはなかった。判官殿に娘を嫁がせたのとて、ご命令に従われただけのこと。そもそも、判官殿とて野心があったかどうか……)

義経は平家討伐に多大な功績を上げており、頼朝にとって脅威となっていたかもしれない。また、義経には、都で官位を授かるという勝手な行動もあった。だが、それが野心に基づくものだったかどうかとなると、義経が頼朝への釈明として大江広元《おおえのひろもと》に送った「腰越状《こしごえじょう》」を読む限り、能員は疑問に思っている。あの書状で義経はただひたすら、兄頼朝のために尽くしてきた思いを切実に訴えていた。それでも、頼朝は義経に対し、鎌倉の地を踏ませることすら許さなかったのだ。

結果、義経は頼朝の手勢に追われる形で奥州《おうしゅう》まで逃げたが、その地で討たれた。この時、重頼の娘の郷ばかりでなく、義経と郷の間に生まれていた四歳の姫も共に死んでいる。河越重頼とその息子はそれ以前に鎌倉で捕らわれ、殺された。

これに、重頼の妻が平然としていられるはずがない。夫と子供たちの死後、出家して「河越尼《かわごえのあま》」と呼ばれていた彼女は、頼朝を深く恨むようになった。

――御所さまは私から夫も息子も娘も、まだ見ぬ孫娘さえ、奪われるのでございますね。乳母子《めのとご》であり、兄妹のように育ったこの私から。

河越尼の怨嗟《えんさ》の声を、能員は聞いたことがある。身内ゆえに遠慮のない本音を口にしたのだろうが、傍らで聞いていた妻の凪子は「何やらぞっといたしましたわ」と脅えていた。

それでも、河越尼はその後も頼家の乳母として仕え続けた。

——御所さまも、私と同じように、我が子を喪う苦しみを知るがいい。

もしや河越尼がそんなことを考え、頼家に手をかけたりはしまいかと、能員はひそかに恐れていた。同じく頼家に仕える凪子に、「河越尼殿が若君におかしな真似をせぬよう、くれぐれも見張っておれよ」と忠告したくらいだ。

しかし、表向き、河越尼の頼家に対する態度に変化はなかった。それまでと変わらず、大切な「育ての君」として慈しんでいた。いや、夫や実の子を喪った後はいっそう、頼家しか目に入らぬという慈しみぶりだったかもしれない。子供の頃の頼家もまた、河越尼を慕っていた。

やがて、河越尼は頼家の成人を見ることなく、頼朝への恨みを晴らすこともなく、ひっそりと鎌倉で亡くなった。

その頃、頼朝はもう一人の異母弟、蒲殿範頼の恭順を疑い始めていた。

この範頼の妻となっていたのは安達盛長《もりなが》の娘で、その生母は比企尼の長女丹後《たんごの》内侍《ないし》であった。ゆえに、この一件も比企氏にとって無縁ではない。

範頼は頼朝への忠誠を起請文《きしようもん》にして差し出したが、信じてもらえず、伊豆《いず》の修善寺《しゆぜんじ》へ幽閉されて、殺された。

娘を範頼に嫁がせていた丹後内侍が、比企ヶ谷の館へ駆け込んできたのはこの時のことである。この館には能員一家と共に、比企尼が暮らしていた。

――どうか、私の娘と孫たちを助けてくださるよう、御所さまにお願いしてください。

頼朝に物申すことのできる比企尼を前に、髪を振り乱して懇願する丹後内侍の姿は、能員の目の奥に今も焼き付いている。

――御所さまに対し、情に訴えても無駄じゃ。

頼朝を育て、誰よりも頼朝をよく知る比企尼はそう答えた。そして言ったのだ。範頼の妻子を助けるためには、頼朝が何より恐れること――跡継ぎである頼家の身を範頼の子孫が脅かさないことを、明らかにしてみせねばなるまい、と。無論、範頼の息子たちの出家や起請文などでは信じてもらえない、と。

――御所さまの若君に今後何があろうとも、その御身は比企と安達が命懸けで守り抜く。そなたらにそれを誓えるか。

比企尼から、能員と丹後内侍はそう問われた。能員は即座に応諾した。丹後内侍は必ずや夫と息子に承知させるし、必要ならただちにこの場に呼んで誓わせようと言った。比企尼は一つうなずくと、「御所さまと取り引きしてまいる」と言い残し、一人御所へと出向いた。

情に訴えても無駄だという頼朝に対し、比企氏と安達氏の絶対の忠誠を餌に交渉を持ちかける、比企尼の言う「取り引き」とはそういう意味だろう。そして、比企尼は見事にその交渉を取りまとめてきた。

こうして、範頼の妻子の命だけは助けられた。だが、これを機に、孫娘の夫を二人も殺された比企尼は頼朝のそばを――この鎌倉を去り、故郷である武蔵《むさし》国比企郡へと帰っていった。

その母を見送った後、丹後内侍は能員と凪子夫婦を前に、おもむろに忠告した。

――あなた方の娘は我らが比企家の大事な嫡女。私の娘や郷殿のようにしたくないなら、源家《げんけ》の男を婿にするのだけはおやめなさい。

範頼と義経の末路を見れば、丹後内侍がそう言った気持ちは分かる。能員もその言葉は真摯《しんし》に受け止めた。だが、それればかりは能員や丹後内侍の思い通りにはならなかった。

娘の若狭は親の許しも得ず、勝手に頼家と契りを結んでしまったのである。

それぞれに比企氏と深い縁を持つ、範頼、義経、河越重頼らの滅亡を目の当たりにした能員が、用心深くなったのは当たり前だ。その上、大事な娘を源氏の嫡流に添わせてしまったのである。とはいえ、頼家と若狭の仲を認めた以上、能員には能員なりの野心があった。

（とりあえず、宿老十三人に連なることは叶った。あとは焦らず、ゆるりとな）

能員が見据えているのは、頼家の時代ではない。頼家の次――三代目鎌倉殿の時代である。

この三代目鎌倉殿の座に、能員自身の孫である一幡君を据えること。それこそが、能員の思い描ける最大の野心のありようだった。

（連中は曲者ぞろいだからな）

能員は、他の宿老十二人の顔を思い浮かべた。

第一に挙げられるのは、頼家の外祖父である北条時政《ときまさ》だ。その息子である義時《よしとき》も名を連ねており、一氏族から複数指名されたのは北条氏だけである。

他には、大江広元、三善康信《みよしやすのぶ》、中原親能《なかはらちかよし》、二階堂行政《にかいどうゆきまさ》という、京から下ってきた能吏《のうり》たち。これまでの政所《まんどころ》、公文所《くもんじょ》、問注所《もんちゅうじょ》での実績を買われたのである。

武力は持たないが、権力への野心はあり、それゆえに若い頼家を操ろうとする恐れはあった。

残るは、能員と同じく、頼朝の乳母の血縁者である八田《はった》知家《ともいえ》。旗揚げ以来、頼朝に力を尽くしてきた安達盛長、三浦義澄《みうらよしずみ》。他に、梶原景時《かじわらかげとき》、和田義盛《わだよしもり》、足立遠元《あだちとおもと》らも古くからの功臣だが、侍所《さむらいどころ》や公文所の職務経験者でもあった。

一幡を鎌倉殿と為すためには、まずはこの連中から守り通さねばならない。鶴岡八幡宮の神前では、その行く末が安泰でありますようにと、よくよく祈願するつもりであった。

大蔵御所《おおくら》を出た能員はすぐに若宮大路《わかみやおおじ》に出た。鶴岡八幡宮はその北東端にある。鎌倉で最も人通りの多い賑わいを肌で感じつつ、いよいよ鳥居を潜り抜けようとしたその時、

「祟《たた》りじゃ！」

というしゃがれた女の大きな声が、突然、耳に飛び込んできた。

見れば、鳥居の片側の柱のそばに、白装束を着た白髪の女がいる。目は虚空を見据え、髪を振り乱した女は、誰にともなく訴えかけるように叫んでいた。

「鎌倉殿が急死したのは平家一門を根絶やしにした報いじゃ。蒲殿（範頼）、判官殿（義経）らを死なせた祟《たた》りじゃ。鎌倉に住まう人々は心して聞くがよい。今に世を揺るがせる一大事が起こるぞよ」

能員は思わず足を止め、老婆の言葉に聞き入ってしまったが、やがて我に返っ

た。

「世迷言《よまいごと》を申しおって」

こんなにも人通りの多い場所で、好き勝手な放言を見過ごすわけにはいかない。老婆を捕らえるべく足をそちらへ踏み出そうとした時、肩を大きな力強い手につかまれて、能員は振り返った。目の前には知る顔があった。

北条義時――十三人の宿老に名を連ねる男である。顔ぶれの中では最も若く、この年、三十七歳の働き盛りであった。

「放っておかれるのがよいと存じます」

能員の意図を読んだ様子で、義時はいきなり言った。

「しかし……」

「あの手の輩は掃《は》いても掃いても、湧いて出るもの」

義時は辛辣な言葉を無表情で口にした。

「目に余れば、役人が何とかするでしょう。比企殿がさような雑事に関わることはありますまい」

世辞混じりと分かっていても、自分が大物扱いされたようで、能員は悪い気はしなかった。

「お参りですか。お供いたしましょう」

断ることもできず、能員は義時と連れ立って鳥居を潜った。

「わしの声は天の声じゃ。聞き過ごせば災いが降り注ぐことになるぞよ」

物に憑かれた老婆の声が一瞬、自分を目掛けて飛んできたように思われた。唐突に振り返りたくなったが、あのような世迷言を気に病んでいると義時から思われたくない。その考えが能員に振り返るのを踏みとどまらせた。

「世迷言を申す輩が出てくるのも、御所さまがお若いせいであろうか」

自らの不安を追いやるつもりで、能員は呟いた。義時の返事はない。この男は寡黙というわけでもないのだが、いつも無表情で、何を考えているのか分からぬところがある。こんな若造に気をつかってどうする、と思う一方で、鵺《ぬえ》のような不気味さを感じることが、能員にはあった。

「しかし、御所さまには我々十三人の宿老が付いておる。我らでしかと御所さまをお支えしてまいろうぞ」

能員が勢いよく言うと、義時はようやく口を開けた。

「宿老の筆頭は比企殿です。これから先、我らをよろしくお導きくださいませ」

「何を申される。筆頭は御所さまの外祖父である北条殿でござろう」

能員の言葉に「我が父……ですか」と呟き、義時は目を下へ向けた。含みのある物言いに「北条殿がどうかなさったか」と、能員は尋ねぬわけにはいかなくなった。

「我が父はもう六十を超えました。大きな力を行使せぬ方がよいと、私は考えています」

「どういう意味だ」

能員は少し声を尖らせた。若者が年輩者を非難するのは、相手が誰であれ不快であった。

「私は、父が齢《よわい》ゆえに耄碌《もうろく》したと言いたいわけではありません。しかし、年を取るにつれ、父は義母の言いなりになってまいりましたので」

「牧《まき》の方《かた》のことか……」

能員は時政の後妻の顔を思い浮かべた。

時政は政子や義時らを産んだ妻に先立たれた後、牧の方を後妻に迎えている。牧の方は京で女房勤めをしていた経験があるとかで、鎌倉御所の礼法だのしきたりだのに口を挟んでくるらしい。

——こんな坂東の田舎で、作法の何のと言われたってねえ。

口の利き方から扇の使い方まで、事細かく注意を受けたとかいう妻が文句を言っていたことを、能員は思い出した。

この牧の方は息子を産んでおり、今はまだ少年だが、いずれ北条氏の家督をめぐって義時と争うこともあり得るだろう。その時、牧の方に時政が押し切られるということは、十分に考えられる。

（なるほど。北条氏も一枚岩ではないということだな）

不用意な発言は控え、能員はそのことを頭に止めた。

「比企殿のお家は結束が固く、うらやましい」

と、義時が呟いた。この男にしてはめずらしく、妙に気持ちのこもった物言いであった。

「ま、今日は互いに家の繁栄を祈願していこうではないか」

慰めるように、能員は義時に告げた。義時は無言でうなずき、二人は社殿へと足を進める。

（御所さまの治める世が先代よりも栄えますよう。そして、若狭が御台所となり、一幡君が三代目鎌倉殿となれますよう。どうか、鎌倉の地と我が一族をお守りくだされ）

能員は時をかけて祈りを捧げた。最後に一礼して目を開けると、義時はまだ手を合わせている。

やがて、参詣を終えた二人が鳥居まで戻ってくると、白髪の老婆はすでに姿を消していた。代わりに、八幡神の使いとされる鳩が数羽、空へ飛び立っていった。

二

宿老十三人の合議によって、鎌倉殿の政務を補佐するこの体制は、当の鎌倉殿たる頼家の不興を買った。自分の補佐をするための制度というより、己の力を制限されたと受け止めたのである。

「御所さまは、十三人の宿老方のことはもう誰も信じぬ、とおっしゃっておいでです」

息子の三郎宗員《さぶろうむねかず》、弥四郎時員《やしろうときかず》から、頼家の激しい怒りぶりを聞かされ、能員は懸念を覚えた。

「私はもう用なしだろうから、この先は好きにさせてもらう、とおっしゃって……」

日々、遊び惚けているという。中でも熱を入れているのが蹴鞠《けまり》と、白拍子《しらびようし》を招いての遊興で、酒も過ごしているそうだ。

やがて、頼家は自分の側近五名を指名し、彼ら以外への目通りは許さぬと言い放った。その中には三郎と弥四郎が入っていたのだが、いくら口添えを頼んでも、頼家は能員に会おうとしない。

それればかりでなく、能員の館で暮らす娘の若狭のもとへも通ってこなくなり、若狭が頼家のそばへ招かれることもなくなった。

「御所さまは、私のことなどお見限りなのですわ」

若狭は遊興三昧だという頼家の噂を聞き、機嫌を損ねている。頼家より年長で、勝気なこの娘は、夫が鎌倉殿だからといってその機嫌を取り結ぶようなことはしない。

まさか、長男を産んでいる娘が頼家から捨てられるなど、あってよいことではない。しかし、別に寵愛する女ができたのだとしたら――。

能員が気を揉んでいるうちに時は過ぎていき、七月となった。合議制が始まってから三月《みつき》目となるこの時、頼家は鎌倉中を驚愕させる事件を引き起こした。

「ご、御所さまが大変なことを……。三郎と弥四郎も御所さまのご命令で……」

今にも卒倒しかねない様子の妻凪子から、第一報を聞かされた時、能員は事の次第を理解するのに骨が折れた。妻の口からは、頼家と我が子たちの名、それに今では「尼御台《あまみだい》」と呼ばれる北条政子の名などが挙がっている。白拍子がどうとか言っているから、頼家を政子が咎めたという話だろうか。

「落ち着いて、もっと分かるように話せ」

「ですから、尼御台さまが安達の館へお行きになられて、安達を討つなら私を先に討て、と――」

「待て。どこから安達の話になるのだ。そもそも、御所さまのお話をしていたのではなかったか」

十三人の宿老の一人でもある安達盛長の実直な顔を、能員は思い浮かべた。亡き頼朝の信頼も厚く、間違っても身の程知らずの野心を抱き、謀反を企むような男ではない。その安達を討つなどという話がいったい、どこから転がり出てくるというのだろう。

「御所さまが安達を討てとおっしゃったのですから、どこからも何もありますまい」

その後も、昂奮しきっている凪子の話は分かりにくかったが、問答をくり返しているうちに、ようやく話の全貌が能員にもつかめてきた。

事の起こりは、遊興にふける頼家が京から下ってきた白拍子に目をつけたことらしい。その女とは安達盛長の息子景盛《かげもり》の妾であったという。

この景盛の母は比企尼の長女丹後内侍だから、景盛は能員の甥に当たる。父親に似て真面目な若者と思っていたが、どこで見つけたものか、白拍子などと深い仲になっていたようだ。

頼家も女が気に入ったのなら、自分によこせと言えばいいものを、そういう話にならなかったのか、あるいは申し出たのを断られたか、とにかく景盛から女を強奪しようとした。

景盛が鎌倉を離れた折に、女は頼家の側近の家へ連れ出され、後に北向《きたむき》御所へ移された。頼家はその女と遊んだのだろうが、そこまでなら人々に眉を顰《ひそ》めさせるだけで終わる話である。ところが、頼家はその後、安達を討てと側近たちに命じた。

「何だと。安達を討つ名目は何だ。謀反を企んだわけでもあるまいに」

「そんなことは存じませんよ！」

瓜子は甲高い声で叫び返した。

「近頃の御所さまに深いお考えがあるとは思えません。ただ思いつかれたのでしょう。それで、三郎や弥四郎は、御所さまのご命令を真に受けて……」

手勢を率い、安達家の館へ向かったという。頼家の命令を受けた手勢に歯向かえば、安達は即座に謀反人とされてしまう。盛長と景盛父子は覚悟を決めたそうだが、この時、事態を知った尼御台がすぐに動いた。

本来ならば頼家を諫め、兵を引き揚《いさ》げさせるところだろうが、それでは間に合わぬというので、単身安達家の館へ向かったのである。そして、兵士たちを前に、

――安達を討つのなら、この私を先に討ちなさい。

と、言い放ったのだとか。

三郎や弥四郎ごとき若造が、尼御台に弓を引けるはずがない。

結局、安達家を囲んだ兵は引き返し、盛長、景盛父子は政子に深く感謝をしたという。だが、その感謝と背中合わせに、頼家や三郎、弥四郎への不信感を抱いたのは間違いあるまい。

(何ということか。安達はいざという時、御所さまや我が比企氏の助けとなってくれる、身内も同じ一族であろうに……)

愚かなことをしでかした頼家に、能員はつくづく情けない気持ちを味わわされた。

（わしや丹後内侍殿がかつてどんな思いで、御所さまへの絶対の忠誠をお誓いしたことか）

それと引き換えに、安達景盛の姉に当たる範頼の妻とその子供たちを助けてくれるよう、かつて比企尼は頼朝に交渉した。その時の皆の壮絶な思いを、頼家はまるで分かっていない。

先代頼朝の冷徹さは脅威であったし、敬遠したいものでもあったが、それでも頼朝は能員たちの思いを理解はしていただろう。その頼朝や自分たちが命懸けで守ろうとしたものが、今の頼家であったとは――。

（このままでは、御家人たちの心が鎌倉殿から離れていく一方なのではないか）

それればかりではなく、御家人たちが分裂する事態さえ招きかねない。能員には不安が残ったが、この一件は政子が丸く収めてくれた。

安達家からは野心は持たぬという起請文を取り、頼家にも今後この一件を取り沙汰しないと約束させたのである。こうして表向き、鎌倉には平穏が戻った。ところが、

「あなたのお口から、ここは御所さまをしっかりお諫めしてください」

事が片付くや、凪子がそう言い出した。

「わしが、か」

能員は嫌な役目だと一瞬怯《ひる》んだが、凪子からは「乳母夫としてのお役目でございましょう」と厳しく言われた。確かに、育ての君をしつけるのも乳母夫の役目ではあるが、もはや元服までした一人前の男子、それも自らの主君である相手を叱責するのはなかなか難しい。

「このままでは、若狭が御所さまから見限られてしまうではありませんか」

娘のことを思うと、さすがに能員も放ってはおけなかった。この度の妾強奪事件を知った若狭は、すっかりむくれてしまい、頼家から謝りでもしない限り、許すつもりはなさそうである。

（我が娘ながら、気の強い女子だからな）

比企氏の血かと思いながら、能員は重い足を頼家の住まう北向御所へと向けた。側近以外の取り次ぎは禁じた頼家であったが、この日、能員が対面を願い出ると、すぐに許された。

頼家の姿を見るのは久しぶりだった。少し痩せており、顔色があまりよくないように見える。

対面したらどう諫めたものか、ああ言おう、これは言わねばならぬと頭を悩ませていた能員だが、頼家の顔を見るなり、考えてきた言葉はすべて頭の中から抜け落ちてしまった。

「御所さま……」

人払いされていたこともあってか、頼家に呼びかけるなり、能員は感極まってしまった。すると、自分でも予期していなかったが、目が潤んできた。

「しっかりと、ものは召し上がっておられますか。御酒ばかり召し上がらず、飯や魚をお食べになりませんと」

「比企殿は変わらぬな」

頼家は少し照れくさそうな笑みを口もとに浮かべて言った。幼い頃から、何かまずいことをしでかした時、よく見せる表情だった。

そういえば、娘の若狭と深い仲になったのが能員夫妻に知られた時も、頼家はこんな顔を見せたのではなかったか。その当時のことを、懐かしく思い出していると、

「今日は、私を諫めに来たのですな」

と、頼家の方から言った。「大方、比企御前（凪子）に言われたのでしょうが」

と、何もかも察しているようである。

「そこまでお分かりなら、もう二度と、あの手の愚行はなさいませんな」

ここはしっかり念押ししなければと、能員が涙を拭いて決然と言うと、

「比企殿は、私を愚か者だとお思いでしょう」

と、頼家は逆に訊き返してきた。

「御所さまは聡明なお方です。この度は魔が差したのでござろう」

能員が言うと、頼家は「そうではありません。私は常に正気でしたよ」と言葉を返した。

「それは、安達の倅の妾を本気で想っておられたということですか」

頼家の言葉の意図が分からず、能員は不安な心持ちで尋ねた。

「あんな女など」

頼家は笑い捨てるように言う。

「若狭に比べれば、物の数ではありませんよ」

自分への胡麻すりと分かってはいても、そう言われれば娘が誇らしくなる。

「私はわざと愚か者に振る舞ったのです」

突然、頼家は思いもかけぬことを言い出した。

「わざと愚か者に……？」

さすがに、頼家のこの言い訳をまともに聞けるほど、能員は単純ではない。何を身勝手なと思いもしたし、こんな言い訳が通用すると思うほどに、頼家はまだまだ子供なのだと思っただけだ。

「少しやりすぎたのはまずかったと思います。しかし、蹴鞠や酒色にふける程度では、まだ油断してもらえないと思ったのでね」

「油断……？　誰を油断させたいのですか」

「それは……鎌倉に住まう鵺ですよ」

思わせぶりな調子で、頼家は言った。

「鵺とは……？」

「正体は私にも分かりません。が、鵺に食い殺された者は大勢いるでしょう？　私の叔父の蒲殿、九郎判官殿、判官殿の姻戚だった河越殿」

父頼朝が殺していった範頼、義経、そして河越重頼らの名を、頼家はまるで歌うような調子で挙げていった。そして、おもむろに付け加える。

「愚か者になるよう、私に教えてくれたのは、河越尼ですよ」

　ここで頼家の口から飛び出してきた思いがけない者の名に、能員はぎょっとした。夫も子供たちも喪った河越尼が、晩年をどれほどの悲嘆の中で過ごしたか、無論、能員はよく知っている。

「河越尼は私に言いました。判官殿や河越殿のようになりたくなければ、聡明さを隠し、愚か者として振る舞いなさい、と。さもなくば、若君も鎌倉に巣くう鵺に殺されますよ、と」

　薄笑いを浮かべて言う頼家は、能員の見知らぬ若者のように見えた。

　能員は言葉を返すことができなかった。

三

　それから三年の歳月が過ぎた。二十一歳になっていた頼家は、父親と同じ征夷大将軍に任じられ、名実ともに鎌倉殿となった。

　この頃には、すでに宿老十三人の合議制は行われなくなっていた。

　合議制が始まった年、梶原景時が失脚して、翌年初めに討たれたのを皮切りに、同じ年のうちに安達盛長と三浦義澄が病死。人員の補塡《ほてん》もされぬまま、合議制そのものが雲散霧消したのである。

頼家は例の安達景盛の妾強奪の一件後、何とか若狭局の機嫌を取り結び、二人の仲は元の鞘におさまっている。頼家の征夷大将軍就任と同じ年、若狭局は第二子となる姫を産んでいた。

もっとも、頼家には他にも妻妾がおり、子も生まれている。

ただし、その正妻である御台所は定まらず、我が娘を御台所にと願う能員と凪子はやきもきしていた。頼家の御台所を立てるには、尼御台と呼ばれるその母北条政子の許しが必要となる。

(何ゆえ、我が娘を御台所としてお認めくださらないのか)

などと不満を抱いているうち、年が変わって建仁《けんにん》三(一二〇三)年となった。

一幡は六歳、次の娘は二歳になる。この年の正月、一幡は鶴岡八幡宮に参拝した。その儀は滞りなく行われたのだが、一幡に付き添った三郎と弥四郎が妙な面持ちで現れた。

「実は、鶴岡八幡宮の巫女が参道に現れまして……」

巫女といっても、かなりの老女で、髪は真っ白だったという。能員は突然、四年前に北条義時と鶴岡八幡宮へ連れ立って参拝した折のことを思い出した。

「その巫女がこう申したのです。若君が家督を継ぐことはできぬ。誰もそのことに気づかず、平穏を貪《むさぼ》っているが、それは覆せない宿命なのだ、と――」

「何だと。若君とは一幡君のことか」

能員はいきり立った。

「名指ししたわけではございませぬが、一幡君の姿を見るなり、声高らかに言い出したため、あの場にいた者は皆、そう考えたでしょう」

「では、一幡君もその言葉を聞いたのか」

「お聞きになりましたが、あの女は物の怪に憑かれていると申し上げておきましたゆえ」

「それにしても不届きな女子め。おぬしらはどうしてその場で、女を捕らえなかった」

能員は我が子らを叱りつけるように言った。

「その時は、一幡君がお参りをなさる前でございました。ゆえに騒動は避け、参詣後に捕らえようとしたのですが、その時にははや姿が見当たらず……」

「鶴岡八幡宮の神官に尋ねてみたのか」

能員が問うと、三郎と弥四郎は顔を見合わせた。

「それが、八幡宮にそのような老巫女はいないと言うのです。巫女と思ったのは間違いだったようで、どうやら外から入り込んだ者のようでございました」

その後も家来たちに老巫女を捜させたらしいが、ついに見つけられなかったという。

いずれにしても不快な一件であった。万一にも、一幡が不吉な予言を受けたと噂が広まったりしたら、一幡の行く末にも障りが出る。

「万一にも、今日のことを口にする者がいたら、厳しく取り締まるよう手配しておけ」

能員は息子たちに厳しくそう申し渡した。

それから数ヶ月を経た五月のある晩、比企ヶ谷の館へ突然、頼家からの使いが訪れた。

「すぐに御所へお出でくださるように」

という頼家の言葉が伝えられる。しとしとと梅雨の降りそぼる五月闇《さつきやみ》の中、能員は頼家のもとへ向かった。途中、ヒヨゥー、ヒヨゥーという鳴き声がして、能員の心を騒がせた。

（こんな雨の夜半に、鳴く鳥がいるのか）

あるいは、あれが噂に聞く鵺の鳴き声か。鵺は凶兆であるという。

頼家に呼ばれたのでなければ、すぐにでも館へ引き返し、弓矢で射殺してやるのだが、と思いながら、能員は夜道を急いだ。

鎌倉殿の御座所はすでに人払いがされていて、その場にいたのは三郎宗員と弥四郎時員のみであった。息子たちは頼家の側近として、夜も遅くまでそばに仕えているし、御所に泊まることも多い。

「比企殿には覚悟を決めていただきたく、お呼びいたした」

頬がこけ、子供の頃とはすっかり人相の変わった顔を向けて、頼家は告げた。

「覚悟ですと……」

頼家の両目は五月闇のように暗い。が、妙な熱を帯びてもいる。三郎と弥四郎は顔を伏せており、父親とは目を合わせようとしなかった。

「阿野全成《あのぜんじょう》を捕縛いたしました」

頼家は淡々と告げた。

「何と、阿野全成殿を――」

思いがけぬ名というわけではなかった。それどころか、能員自身、警戒していた相手であった。

阿野と名乗っているが、それは所有する領地の名で、本姓は源、あの頼朝の異母弟である。

義経とは母を同じくする兄弟で、すでに出家の身であるが、北条時政の娘を娶っていた。全成の妻となった時政の娘は阿波局《あわのつぼね》といい、頼家の弟千幡《せんまん》の乳母を務めている。

「比企殿にはもうお分かりですな。我が弟千幡の乳母夫である全成が、何を狙っているか――」

それは明白だった。頼家の乳母夫として、能員自身が頼家の家督相続を心から願ってきたように、千幡の乳母夫である全成もまた、その家督相続を願っている。

つまり、頼家の跡を千幡に継がせたがっているのだ。そして、同じ望みを持っているのが、千幡の母である北条政子、乳母の阿波局であり、外祖父の時政、外叔父の義時らなのだろう。

かつて鶴岡八幡宮で時政への不満を口にしていた義時のことを、ふと能員は思い出していた。義時が時政の後継者と見なされていることは変わらないが、時政が後妻牧の方とその息子を慈しんでいることも相変わらずである。

千幡を三代目鎌倉殿に据えるという目的で手を組んだ北条氏一門と阿野全成だが、その後は間違いなく手切れとなろう。そうなった時、千幡の治める鎌倉はおそらく血塗られた土地となる。

それに引き換え、一幡が鎌倉殿となれば――。

比企氏一門にそのような分裂は断じて起こるまい。

「全成殿を斬るおつもりですか」

「いえ、鎌倉では邪魔が入る。配流の上、その地で……」

そこへ刺客を送るという意味だと、能員は理解した。

「全成の次には、北条氏討伐も考えております」

と、頼家は抑揚のない声で告げた。

「しかし、北条氏は御所さまの……」

「時政が我が祖父で、義時が我が叔父であるということをおっしゃっているのなら、阿野全成もまた、私の叔父ですよ」

父頼朝が弟とその係累たちを滅ぼしたように、自分もまた祖父や叔父を討つと、頼家は言う。

すべてこの日のため――討たれる側ではなく討つ側に立つ日のためにこそ、愚劣に振る舞うこともした。先手を打たなければ、遠からず自分たちが殺されるのだ。頼家の目はそう言っている。

「覚悟を決めましたぞ、若君」

幼い頃の呼び名がつい口をついて出た。頼家は咎めなかった。

「一幡君と若狭は命に懸けてお守りいたす。それがしにお任せくだされ」

「頼みましたぞ、比企殿」

頼家のひたむきな眼差しを受け止め、能員はうなずき返した。

かつて、義経や範頼、河越重頼を討った父頼朝のことを、頼家は決してよしとしてはいなかったと思う。あからさまに否定したわけではないが、「鎌倉に巣くう鵺」という物言いがそれを表していた。だが、その頼家が自ら父と同じ道を進む決意を固めたことに、能員は哀れを覚えた。

討たなければ、自分が討たれる。我が子が討たれる。その前に、自分から討って出るのだ。そう言う頼家に、乳母夫として自分は付き添ってやらねばならない。

頼家は自身の身のみを守ろうとしているのではなく、若狭や一幡の身を守ろうとしてくれているのだから。

（わしはいついかなる時も、若君たちのお味方ですぞ）

そうくり返し胸に呟きつつ、能員はその夜、闇を冒して比企ヶ谷の館へ帰った。帰りはもう不気味な鳥の鳴き声は聞こえず、能員も鵺のことはすっかり忘れていた。

間もなく、阿野全成は頼家の命により常陸《ひたち》国へ流され、その後、下野《しもつけ》国へ移されて殺された。全成の息子も相前後して討たれている。

さすがの頼家も、母を同じくする幼い弟千幡の命まで取ろうとはしなかったが、その乳母である阿波局を引き渡すよう、母の政子に申し入れた。しかし、政子は断固としてこれを拒否し、妹の阿波局を頼家に引き渡すことはなかった。

北条時政と義時父子が、阿野全成の企みに加担していたかどうか。もしも謀反を疑われれば、北条氏一門が討たれかねない一触即発の緊張が鎌倉の地を包み込んだ。

しかし、そうはならなかった。

七月、頼家が病に倒れたからである。八月の終わりには意識不明になり、後継者のことまで取り沙汰されることになった。

「何ということか。まだお若い御身で……」

不意のことに、能員は動じた。乳母である凪子も、妻である若狭も、頼家のそばから遠ざけられてしまった。側近の三郎や弥四郎も同様である。

比企一族と頼家との間は見えない壁で隔てられてしまった。それを築いているのは北条氏の一門だ。御所の中から比企氏を追い払い、劣勢から一転、千幡への家督相続を狙っているのだろう。

「何、御所さまの意識がはっきりなされたら、一幡君を後継者にと言ってくださるはず」

能員は無理にもそう思い込もうとしたが、若狭は取り乱し、

「尼御台さまがお許しにならないでしょう。あの方は、御所さまが意識を取り戻されたら、毒を飲ませるかもしれません」

などと、不穏なことを口にする。

「我が子に毒を盛る母親がどこにいる」

そう言葉を返しても、「尼御台さまはふつうの母親などではありませぬ」と若狭は必死に訴えた。

「あの方にとって千幡君だけが実の息子なのですわ。御所さまは私たち比企一族に奪われたと考え、もはやお見限りなのです」

そうだろうか。尼御台政子は本当に頼家のことをそんなふうに考えているのだろうか。

「尼御台さまはかつて、御所さまが安達家を討とうとした時、安達家にお味方なさいました。御所さまに立ちはだかったのです。あの時からもう、尼御台さまにとって御所さまは敵になってしまわれたのですわ」

若狭の涙ながらの訴えを聞いていると、能員も不安が募ってくる。しかし、若狭にはしっかりしてもらわねばならなかった。何といっても、三代目鎌倉殿の生母となる身なのだ。

「案ずる気持ちは分かるが、御所さまはさほどに弱き方ではない。ご自分が案じてもらうことより、一幡君と姫をしかと守ってほしいと考えておられるはずだ」

私も御所さまにお誓いした、命を懸けてそなたたちのことは守る――能員は娘をそう励ました。

その後、頼家の病状は一進一退をくり返したが、意識の戻る時もあり、若狭が御所へ呼ばれることもあった。当然ながら、能員は武装させた兵士に守らせて、若狭を御所へ送り出した。

「御所さまは後継者のことで、ご判断を求められたそうです」

比企ヶ谷の館に帰って来た若狭は、無念そうに告げた。頼家としてもそうした声を無視できず、何らかの措置を講じなければならなかったそうだ。

「御所さまは、千幡君と一幡に国土を半分ずつ支配させる案を承諾なさるおつもりだとか」

「半分ずつ、とはまた面妖な……」

「二人ともまだ幼うございますし、御所さまとて、まだ隠居なさるおつもりはありません。ですから、快復するまでの間、幼い二人の後見人に政《まつりごと》を任せようというおつもりなのでしょう」

千幡の後見人とは北条父子であり、一幡の後見人とは能員となろう。北条と比企で国を二分する――そんな支配の形が果たしてうまくいくものか。無論、すぐに頼家が快復するというのなら、形ばかりのものとなるだろうが……。

「そなたの目に、御所さまは間もなく快復なされると思ったか」

能員は若狭に尋ねてみたが、若狭は何とも答えない。

「いかなる病なのか、医師もよく分からぬと申しているそうで……」

歯切れの悪い口ぶりで語った若狭は、やや口をつぐんだ後、

「祟りではございますまいか」

やがて思い切った様子で言った。

「何、祟りだと」

「阿野全成殿の父子が御所さまを恨んで……」

「馬鹿な！」

能員は叫んでいた。いや、全成と息子が頼家を恨むのは当たり前だが、それを言うなら、頼朝こそ、義経や範頼、河越重頼の恨みを買っていなくてはおかしい。

能員がそのことを口にすると、

「だから、ご先代は落馬によって、急死なさったのでございましょう」

と、若狭は妙に落ち着いた声になって言う。

あの時、頼朝は馬前を横切る人の姿を見たと口走っており、それを避けようとして落馬したのだとか。それは、義経だったとも平家の武者であったとも、さまざまに噂されている。事実であれば、頼家の原因不明の病が全成父子の祟りという理屈も通るだろう。

「御所からこちらへ戻る辻で、不審な老女を見かけましたの。その者は『鎌倉にはまだ血が足りぬ。もっともっと血を流さねば、怨霊どもは静まらない』などと人々に説いていて……」

若狭はそれを耳に挟み、不安に駆られたという。

能員が付けてやった手勢の者が追い払ったというが、さらに道を進むと、鳩の首が転がっていたと若狭は打ち明けた。そのあまりの惨さに、今もそれが頭から離れないという。

無論、鳩の首もすぐに片付けられたが、

「あまりに不吉な気がいたしまして」

と、いつになく弱気なふぜいで、若狭は呟く。三郎や弥四郎よりずっと勝気で、いつも潑溂と輝いていた娘のそのような姿に、能員は胸を打たれた。

「案ずるな」

能員は優しく言った。

「世の中が落ち着かぬ時は、世迷言を言う輩が出る。くだらぬ悪戯や嫌がらせをする者も現れる。そなたが見聞きしたのはすべてその類にすぎぬ」

「……はい」

ふだんは見せぬしおらしさで、若狭は素直にうなずいた。

「そなたたちのことは、御所さまが快復なさるまでわしがしかと守る」

「父上だけが……頼りでございます」

ひたむきな娘の眼差しに、ふとかつて見た頼家の眼差しが重なって見えた。

四

比企ヶ谷の館へ北条時政からの使者が遣わされたのは、九月二日のことであった。

「名越《なごえ》にある北条家の邸で仏事が行われますゆえ、比企殿にも参席願いたい、と父が申しております」

使者として現れたのは、北条義時であった。武装もしておらず、屈強な侍を連れているわけでもない。何が起きても不思議のないこの時、北条家の跡継ぎがこうして比企の館まで足を運ぶというのは稀有《けう》なことであった。

とはいえ、ならば逆に能員が同じ格好で、北条の館を訪ねていけるかと言われれば、それは難しい。まして、仏事であれば太刀を帯びていくわけにもいかないのだ。

だが、そのことは義時も分かっていた。こう告げただけでは来てもらえないだろうから、父の本音を伝える、と続けて言う。

「実のところ、我が父は婿の全成殿を亡くして以来、すっかり弱気になってしまいました。同じように千幡君を失うわけにはいかぬと、精一杯気を張り詰めてきましたが、もはや限界だ。千幡君と尼御台、そして阿波局の命を守るとだけ固くお約束していただけるのなら、一幡君の家督相続について異を唱える気はない。こう申しております」

ついては、その約定をしかと取り付けたく、能員と二人だけで話し合いたいと時政は望んでいるのだという。

「無論、我が父からこちらへ足を運べばよいのですが、今申したような気力のなさゆえ、お越しを願うしかない。信用していただくべく、この私がこうして参った次第でございます」

「確かに、単身我が館へ乗り込んできたおぬしの勇猛さには、感服するしかないが……」

能員は面と向かって正座する義時を見据えて言った。義時は丸腰である。家来を連れても来なかった。今、この場でとらえ、その首を時政の館へ送り届けることも、能員にはできるのだ。

そうなれば、北条氏と比企氏の争乱となるかもしれないが、仮に北条氏側がその準備を調えていたとしても、跡継ぎを殺された痛手はいかんともしがたいはずだ。

無論、肝心の頼家は政子らに押さえられているが、能員の手もとには鎌倉殿の血を正しく受け継ぐ一幡がいる。一幡を旗印に北条氏を滅ぼすこととて、決して不可能ではない。この目の前の男さえ消せば――。老いぼれの時政と、まだ若い息子たちなど、どうにでもなる。

そこまで考えた時、北条氏がまさに最も大事な手駒を、自分のもとに丸腰でよこしたのだということに気づいた。

（であれば、この申し出は信頼してもよいということか）

能員の考えがそこへ到達した時、まるで見計らったかのように、「では」と義時が身じろぎした。

「名越の館でお待ちしています」

義時は憎らしいほどに落ち着き払った様子で、淡々と言い、相変わらず何を考えているのか分からぬ無表情で立ち上がった。

（この男を手にかけるなら今だ）

心の中でそう叫ぶ自分の声を、能員は聞いた。

――鎌倉に住まう人々は心して聞くがよい。今に世を揺るがせる一大事が起こるぞよ。

――鎌倉に住まう鵺ですよ。鵺に食い殺された者は大勢いるでしょう?

――祟りではございますまいか。阿野全成殿の父子が御所さまを恨んで……

不穏な言葉、不吉な言葉が頭の中を駆けめぐる。だが、それを圧して聞こえてきたのは、

――頼みましたぞ、比企殿。

――父上だけが……頼りでございます。

頼家と若狭のすがるような言葉であった。大事な育ての君と、慈しんで育てた我が娘、そして二人の間に生まれた一幡と姫を守ってやらねばならない。彼らを本当の意味で守りたいのなら、さらに人の命を奪い、彼らを怨霊の祟りに脅えさせてはならないだろう。

(ここで北条が退くというのなら、多少の危険を冒しても和解をまとめるのが、わしの務め)

義時を何事もなく館の外へ送り出した時、能員の心は決まった。

「まことに危うくないのでしょうか」

「せめて太刀はお持ちになってくださいませ」

凪子や若狭は能員の身を案じたが、能員は太刀は要らぬと断った。

「北条の誠意はたった今、見せてもろうたではないか。今度はわしが比企の誠意を見せる時だ」

名越の館へ出かける能員の支度が調った時、一幡が「お爺さま、お出かけですか」とかわいらしい声を上げて駆け寄ってきた。

「おお、一幡君。夕刻には帰りますゆえ、ご機嫌ようしていてくだされ」

能員は相好《そうごう》を崩した。

「御所へ行かれるのですか」

一幡は尋ねた。父の頼家に会いに行くのかと思ったらしい。

「いえ、今日は御所ではございませんが、次に御所へ参る時にはご一緒に参りましょう。お父上もお待ちでいらっしゃいますぞ」

「うむ。早う父上にお会いしたい。その時までには弓が引けるようになっているのだ」

「それは頼もしい。さすがは三代目鎌倉殿でいらっしゃる」

そう言った時、能員は不意に目頭を熱くした。遠い昔、幼い頼家に同じように言った時があったのを、突然思い出したからであった。

——さすがは二代目鎌倉殿でいらっしゃる。

そう、あの言葉は実現した。一幡が三代目鎌倉殿になる願いも必ずや実現する。言霊《ことだま》は常ならぬ力を引き付けるというではないか。

「三代目鎌倉殿」

湧き上がる気持ちを抑えきれず、能員は一幡の前にひざまずいてその手を取った。

「いずれ、この爺を政所別当に任じてくだされ」

政務をつかさどる政所別当の任は、鎌倉殿の外祖父にこそふさわしい。が、当の一幡は何を言われたのかわけが分からぬという表情で、きょとんとしている。

「相分かった。よきに計らおう——そうおっしゃいなさい」

若狭が一幡の傍らに寄り添い、そっと教えた。そういうものなのかと素直にうなずいた一幡は、母親の口真似をして、

「あいわかった。よきにはからおう」

と、言った。その直後、若狭がこらえきれぬ様子で、袖口をそっと目もとに当てたことに能員は気づいた。

勝気な娘がこうも気弱になっているとは……。能員は娘を不憫に思った。能員はあえて若狭から目をそらすと、一幡だけをじっと見つめ、その手を押しいただくようにした。

「鎌倉殿のありがたきお言葉。しかとお約束いたしましたぞ」

晴れ晴れとした笑顔で言い、能員は立ち上がった。

「わしが留守の間、一幡君の御身は仁田《にった》殿に守らせよ。武勇名高いあの方ならば、そなたたちも安心できよう」

能員は一幡の乳母夫の名を出して、凪子と若狭に告げた。一幡にも無論、乳母は複数付いていて、その一人の夫が仁田忠常《ただつね》という伊豆の武将である。頼家もその武勇を信頼し、重用していた。

「仁田殿は近頃、比企ヶ谷に見えておりませんが」

凪子が若狭と顔を見合わせながら答える。

「ならば、ただちに使いを送って召し出せ。かような時こそ、一幡君のおそばについていてこその乳母夫ではないか」

妻と娘にいつもより強い口調で命じると、能員は見送りを断り、館を後にした。ところが、わずかな供だけを連れて門を抜けて、石段を下りかけたところへ、

「父上、お待ちください」

と、若狭の声が追いかけてきた。足を止めて振り返ると、若狭は一人である。

「いかがした」

「せめて父上にこれをお持ちいただきたくて」

と、若狭は手にしていたものを差し出した。見れば懐剣である。護身用にということであろうが、いくら外からは見えぬとはいえ、

「さようなものは……」

と、能員は首を横に振った。信じると決めた以上は信じ切らねばなるまい。中途半端な態度が相手に不審を抱かせ、かえって身を危うくすることにもなりかねないのだ。

「一幡がどうしても爺さまに渡してほしいと――」

「一幡君が……？」

「御所さまが一幡のためにくださったものです。守り刀として、常に身につけているようにと」

「ならば、一幡君が肌身離さずお持ちになっていなければなるまい」

能員は驚いてその申し出を拒もうとしたが、若狭は頑として譲らなかった。

「この度だけは、どうしても爺さまに持っていってもらいたいと申すのです」

幼いながらに何かを感じ取っているのでしょう、と娘から言われると、能員はそれ以上拒めなくなった。

「分かった。今だけわしが預かり、帰ってから一幡君にお返ししよう」

そう言って、能員は懐剣を受け取り、懐に収めた。

「その代わり、わしが留守の間、そなたは一幡君のそばを離れるな。姫のことも乳母にばかり任せておかず、目を離すでないぞ」

「かしこまりました」

素直に返事をする娘に、「ならば今すぐに戻れ」と能員は促したが、若狭は立ち去りにくそうにしている。ほんの少しの間を置いて、

「私や母上を、河越の叔母さまのようにしないでください」

と、若狭は思い切った様子で言った。

その言葉には虚を衝かれた。若狭が言うのは、源氏一門の権力争いの中で、夫も子供も喪った河越尼のことだ。

「わしは河越殿のようにはならぬ」

能員は優しく娘に言った。その時、

（そなたは、河越尼が御所さまに、愚か者に振る舞えと言ったことを知っていたのか）

ふと心に疑問が浮かんだ。訊いてみたい気もしたが、今この場で問うほどのことでもない。名越から帰った後にでも気楽に尋ねればいいだろう。そう思って、能員は言葉を呑み込むと、

「では、行ってまいる」

と、若狭に背を向けた。再び石段を下り始める。若狭がその場に佇んだままでいるのかどうかは少し気にかかったが、振り返れば余計な不安を抱かせるだけだと思い、そのまま能員は進んだ。

石段を下りたところで、供の者が曳いてきた黒馬にまたがり、名越の北条館へと向かう。

名越は御所や鶴岡八幡宮とは反対側、比企ヶ谷から見て南側にあった。いつも通るのとは違う道をたどりつつ、能員の思いは、これから名越で起こることよりも、過去のことに及んだ。

（思い返せば、御所さまの数々の行いは、河越尼の言葉に突き動かされてのことだったのではあるまいか）

　頼家がはっきりと河越尼の言葉を口にしたのは、例の安達景盛の妾を奪った時だけだが、その後の阿野全成への警戒心や北条氏への不信感にも通じているように思われる。

　河越尼は幼い頼家に言った。義経や河越重頼のようになりたくなければ愚か者として振る舞え、と。さもなくば鎌倉に巣くう鵺に殺されますよ、と。

　だが、もしかしたら、それには続きがあったのではないか。

　──若君のお父上は冷たいお方。心から信用してはいけません。あの方のご正体は鵺なのでございます。

　──お母上や北条家の方々のことも信じてはなりません。若君を鵺からお守りするのは我ら比企氏の者だけでございますよ。

　河越尼の声が聞こえてきたような気がして、能員は頭を何かで殴られたような衝撃を覚えた。眩暈《めまい》を覚え、思わず額に手を当てる。

（わしはどうしたというのか。実際に河越尼がそう言うのを聞いたわけでもないものを）

　すでに秋も半ばを過ぎているというのに、額にびっしょりと汗をかいていた。

　それを拭って一息吐いた時、前方に立つ女が目に留まった。白い巫女の装束を着

た小柄な老女――どこかで見たことがあるようにも思うが、頭は熱を帯びたよう
にぼうっとして何も思い出せない。
　供の者たちが老女を退かせようと行きかけるのを、能員は理由もなく止めてい
た。すると、
「これは、御台所の祖父君さま」
　女は能員をじっと見上げつつ、やけに恭《うやうや》しい物言いで呼びかけてきた。それ
を聞いた途端、能員は頭の中から余計なものが消えていき、妙にすがすがしくす
っきりした気分になった。
「何を言うか。わしは老けて見えるかもしれぬがな。御台所の祖父ではのうて、
父じゃ」
　馬上から上機嫌に、能員は言葉を返した。若狭は正式には御台所になっていな
いが、もはや御台所と言っても差し支えない。老巫女は逆らわず、ただじっと能
員を見つめ返すだけであった。
「それに、祖父というなら、御台所ではのうて」
　御所さまの祖父じゃ――という言葉はさすがに気が早すぎるかと、口の中で呑
み込んだ。

まあよい。諂《へつら》いと分かっていても、悪い気はしないものだ。能員は馬の轡を取る従者に合図を送り、再び馬は歩み始めた。老巫女は脇へ退き、貴人に対するように恭しく礼を捧げて、能員を見送る。

どうも妙だと気づいたのは、その場を通り過ぎて少し進んだ後であった。あの女はどうして自分が比企能員であると知っていたのか。いや、「御台所の祖父」と言われただけで、その呼びかけは今はまだ正確ではない。では、別の誰かと間違えたのか。

急いで振り返ったが、もうそこに巫女の姿はなかった。


無事に名越の館へ到着した能員はわずかな供の者たちと共に、門をくぐり抜けて、中へ招き入れられた。北面の部屋へ向かって、その妻戸を通り抜けようとしたその時、異変は起こった。

身を潜めていた武者二人に突然飛びかかられ、両腕をつかまれてしまったのだ。能員はそのまま外へ引きずり出され、竹藪の中に引き倒された。

あっという間の出来事だったが、そのうちの一人がつい先ほど、比企ヶ谷の館で口にした仁田忠常であることだけは目の端にとらえていた。

「何ゆえ、おぬしが！」

地に押し付けられながら、能員は叫んだ。相手からは殺気が感じられる。今にも殺されることも、仁田忠常が北条時政の手足であることも疑いようはない。分からないのは、

（一幡君の乳母夫であるおぬしが、何ゆえに一幡君の祖父であるわしを見限るのか）

ということであった。だが、その瞬間、一幡を挟んでの仁田と自分の関係が、頼家を挟んでの自分と北条時政の関係に他ならないと気づいた。

そうだ。この鎌倉では血の繋がりさえ当てにならぬというのに、どうして自分は一幡の乳母夫というだけで、仁田に気を許してしまったのか。

そればかりではない。千幡を擁する北条氏をあれだけ警戒していたというのに、なぜ最後の最後になって、あの男――北条義時の言葉を信じようと思ってしまったのだろう。

北条家がこうも卑怯な騙し討ちを平然と行う連中だったとは――。

自分はもっと狡猾にならなければいけなかった。鎌倉に巣くう鵺の恐ろしさを、身をもって知る河越尼が頼家を通して教えてくれたというのに。

「比企殿、お覚悟！」

懐の守り刀のことがふと脳裏に浮かんだ。両腕を引き据えられてしまっては、肝心の刀を抜くこともできないではないか。

腑甲斐《ふがい》ないことよ――と思った直後、鋭い衝撃が走り、意識は朦朧《もうろう》となった。

その時、ヒヨォーという、けたたましい鳥の鳴き声を聞いたように思った。いつかの夜に聞いた鵺の鳴き声に似ている……。それを最後、能員の意識は完全に途絶えた。


比企能員誅殺の報を受け、北条義時は即座に比企討伐の軍勢を挙げた。御家人たちはほとんど迷うことなく北条氏の側に付いた。その中には、比企氏の血を引く安達景盛も名を連ねている。

小御所《こごしょ》と呼ばれていた比企ヶ谷の館はあっという間に兵士たちに取り囲まれ、火が放たれた。

比企三郎宗員、弥四郎時員は戦死。

若狭局と一幡の遺骸は見つからなかったが、焼け跡から発見された菊紋の袖の切れ端が一幡のものであると、乳母が証言した。

その後、病床に臥せっていた頼家は意識を取り戻したが、すでに比企氏は討伐された後であった。比企氏の縁者でありながら比企を裏切った安達景盛への、頼家の怒りは凄まじかったという。

鎌倉殿の座を弟千幡（実朝《さねとも》）に譲らされた頼家は、伊豆の修善寺に幽閉。翌年七月、北条義時の手勢によって殺害される。比企氏滅亡から一年と経たぬうちのことであった。

比企氏滅亡の中、命を助けられた頼家と若狭局の幼い娘は、北条政子に引き取られ、後に四代目鎌倉殿九条頼経《よりつね》の御台所となる。

比企ヶ谷の焼け跡に新しい御所をかまえ「竹御所《たけのごしょ》」と呼ばれた鞠子《まりこ》は、初代鎌倉殿の血を受け継ぐ最後の一人となっていたが、天福《てんぷく》二（一二三四）年に子を遺さず死去。

鞠子の死をもって、源氏嫡流である源頼朝の血は完全に途絶えた。

仁田四郎忠常異聞

新田次郎

著者プロフィール　にった・じろう◎一九一二年、長野県上諏訪町角間新田（現・諏訪市）生まれ。無線電信講習所（現・電気通信大学）、神田電機学校（現・東京電機大学）卒業。中央気象台（現・気象庁）に就職。五五年、『強力伝』で直木賞受賞。『縦走路』『孤高の人』『八甲田山死の彷徨』などの山岳小説を発表。歴史小説『武田信玄』ならびに一連の山岳小説の執筆で、七四年、吉川英治文学賞を受賞。

一

それはけもの道のように、どこまでも細く長く続く道であった。大きな草叢《くさむら》があると、道はその手前で消えて、あたかもそこを飛び越えねばならないように、新しい踏みあとが、草叢の向う側からついていたり、樹林に入ると、大きな木の幹の近くを避けて、わざと下草の茂っているところを通ったり、荒地に出て、大きな石などあると、陰にかくれているものをよけるかのように弧を描いて通るその道のあり方は、どう見ても、警戒心の強いけものが歩く道に思われた。だがその道の踏みあとだけはけもの道と違っていた。道は重く踏みつけられていた。

仁田四郎忠常は彼から数歩先を、いくらか猫背になって、歩いていく、案内人の猟師に声を掛けた。

「この道は、けもの道かそれとも人が通る道なのか」

忠常に呼ばれた猟師は、その声で立止ったが、うしろはふり向かずに、あたりを窺《うかが》うようにしながらひそかな声で、

「この道はけもの道でも、人の通る道でもございません、これは浅間大菩薩《せんげんだいぼさつ》のお

使い人が通る道でございます」

「浅間大菩薩のお使い人であっても、人は人であろう」

「いえ、人は人であっても人とはちがいます」

猟師はそう言い切ってから、

「そこの、ほれ、あの木の茂みのあたりが人穴でございますから、私はここで失礼させていただきます」

「穴の入口まで案内しないのか」

「人穴にだまって近づくと祟《たた》りがございます。どうしても近くに行かねばならない用があるときには、浅間大菩薩のお使い人に供物をさし上げておたのみしなければならないことになっております」

猟師はそう言うと道からはずれて草叢の中に坐りこんで、忠常主従をやりすごそうとした。

忠常は彼に従う五人の家来をふりかえった。五人は申し合せたように折烏帽子《おりえぼし》から顎《あご》にかけたひものあたりに手をやり、そしてその手を腰の太刀におとすと、やや胸をそらせて、なんのおそるることもなく前進しようとする意志を示した。

五人の家来のうち先頭にいる安居《あご》七郎景信《かげのぶ》が五人を代表して言った。

「もはや臆病者の案内はいらぬでしょう」

そして、安居七郎景信は、猟師にあのいちだんと木がこみ合っているあたりに間違いないのだなと、そっちをゆびさして確かめてから、帰れと顎でしゃくった。猟師は草の中を這《は》いずるように、六尺ほども遠ざかると、そこで一礼してすぐ草のかげに姿をかくした。

そこから木のしげみまでは草原であった。遠くに眼をやると眼の高さあたりまで、草原と森林が入りこみながら続いていて、そこから上は雲でおおわれているので富士の姿は見えなかった。

忠常は太刀をかばうように左手に携《さ》げて露草の中を歩きながら、おしよせて来る不安と戦っていた。具体的なものはなにもないが、足が重かった。人穴に近づくことが、おそろしいのではなかった。人穴に近づくことによって彼の運命に重大な変化が起るような気がしてならなかった。

忠常はいままで一度もそのような気持にさせられたことはなかった。敵が出て来たら戦えばよかった。どこからか不意に矢が飛んで来たとしても、その矢が彼の身体《からだ》に立つまでには、よけることのできるすばしっこさを持っていたから伏兵などこわくなかった。だいいち伏兵があれば、彼の直感がそれを見逃す筈はなかった。彼の不安は、それらの外敵に対するものではいっさいなく、やはり、さっき猟師が言った浅間大菩薩の在所である人穴に踏みこむということ自体に根ざすものであった。

「人穴が浅間大菩薩の在所であるというならばその在所にまかり出て、征夷《せいい》大将軍源頼家の名代《みようだい》だと告げるがいい」

そういって、自らの太刀を取って仁田四郎忠常に与えたときの頼家の顔は若さに溢《あふ》れていた。天下におそれるものはない顔であった。

老臣たちがなんといって止めても、人穴探険を思いとどまらない頼家の心の中には、なにかというと、古くさい作法や習慣を口にして頼家を縛ろうとする老臣たちに対する抵抗があった。忠常は頼家の気持を充分察しての上で、五人の武者を選んで、狩宿を出て来たのであった。

草原から森へ入ると、道は暗い下草の中に消えた。そこからはいくらか下り気味の勾配《こうばい》になっており、木のしげみの奥に洞窟《どうくつ》の入口が見えた。

「あそこだな」

忠常は従者たちにそう言って、周囲を見廻した。近くまで人の踏みあとがあったからには、その穴の中に人がいる可能性があった。

　忠常は人数を二つに分けた。忠常自身二人の郎党を連れて穴の中へ入ることにし、安居七郎景信には郎党二人とともに穴の外を護るように命じた。

「御安心なされませ」

　安居七郎景信は太刀の柄《つか》を叩いて言った。こういう場合、穴の中に入ることより外の守りの方が大事であることを景信はよく知っていた。

　忠常は穴の入口で松明《たいまつ》に火をつけた。

　陰湿な洞窟特有なにおいが彼の鼻を衝いた。

「注意して歩くのだ、口はいっさいきくな、眼と耳で敵をさがせ」

　忠常は二人の郎党にそういった。敵ということばを使ったとき、忠常は洞窟の中での何等かの戦いを予期していたようであった。穴に入ると同時に夥《おびただ》しい蝙《こう》蝠《もり》が松明の火に向って飛来して来た。蝙蝠の羽音で洞窟が唸《うな》った。忠常は松明を高くかかげ身を低くして、蝙蝠をさけた。穴は下降気味につづき、立っては歩けないほどせまいところに来ると、三人は這った。洞窟の天井に垂氷《つらら》のような白い石が無数に垂れ下っていた。地底に筍《たけのこ》のように生えている白い石があった。松明に照らし出される洞窟の岩壁には蛇がからまり合ったような奇怪な紋様があった。底には水がたまっていて、水の中を大蛇が這い廻っているように見える岩があった。

忠常は、天井から下っている白い垂氷状の石に、人が入ったことの証拠を見出《みいだ》した。その白い石の先を松明の炎がこがした跡があったのである。

「たしかに此処《ここ》には人が入った跡がある、油断すまいぞ」

忠常は家来たちをいましめた。距離と時間の感覚が狂った。その洞窟が非常に長いように思われた。どうやら立って歩けそうな広さのところに達した。暗闇の奥ははっきりとは見えなかったが、そこには、まとまった空間があるように思われた。

忠常は松明をかかげながら尚《なお》も這っていった。立ってもいいのだが、暗闇の奥になにものかがいるとすれば、急に立上ることは危険に感じられた。洞窟の中は森閑としていたが、忠常はそのどこかに人が潜んでいるように思えてならなかった。勘であった。

彼のあとに従っている郎党が立上った。

「背を低くしろ」

と忠常が言ったのと、至近距離で矢音がしたのと同時であった。忠常は松明を矢音のした方に投げつけ、岩のかげに身を伏せた。背後で従者の叫び声が聞えた。

二人とも矢に当ったらしかった。なにかいっているのだが、意味はよく分らなかった。

忠常は太刀を引き抜いて、彼が投げた松明の火でうつし出された、異様な人影に向って斬りかかった。だが、そこは足もとがひどく悪かった。踏みこもうとした右足が岩に喰われた。暗闇の中で幾つかの人影が動き、動物の咆哮《ほうこう》に似た声がした。忠常は太刀を持った利き腕を棍棒《こんぼう》ではげしく打たれた。相手はけものじみた形相をした男であった。髪も髯《ひげ》も伸びほうだいで、獣皮をまとっていた。頭上に次々と棒がふりおろされた。忠常は気を失った。

建仁《けんにん》三年（一二〇三年）六月一日のことである。

二

忠常が気がついたときには、彼は広い洞窟の中に移されていた。中央に炉があって火が燃えていた。十人ほどの人間がなにかわけのわからぬ言葉で、まるで喧嘩《けんか》でもするような大きな声で話し合っていた。彼等は話しながらも忠常と、そして、彼の傍にふじ蔓《づる》で縛られて、ころがされている安居七郎景信の方を見ていた。

どうやら二人の処分について議論しているように思われた。

首領と思われる男が、大きな声で怒鳴ると急にあたりが静かになった。男たちと身なりこそ同じだが、顔や身体つきではっきりと若い女と分る一人が、椀《わん》に水を入れて持って来て忠常の唇に当てた。忠常は縛られたままだった。

女は忠常に眼で飲めといった。飲めば気分がよくなるのだといっているようであった。それは水のようであったが水とは違った芳香がした。酒だなと思った。木の実で作った酒に違いないと思った。彼は喉《のど》が渇いていた。酒に似た味もしたが、いくらか薬くさい匂いもあった。それは身体の奥深く浸みこんでいった。身体中に活力を感じた。

安居七郎景信もその水を飲まされた。

「その水を飲んだからにはお前たちの身体の痛みはすぐ消える。どこか、身体に悪いところがあればそこもよくなるだろう。おれはお前たちを許してやる。そのかわり、里に帰って、人穴でわれらに会ったことを話してはならぬ、われらにどうしても会いたいときは前もってしるしを送って来るがよい。会う場所はこちらできめる」

忠常と景信は目かくしされたままずいぶん歩かされてから解放された。そこがどこだかしばらくは分らなかった。

「腹を切りたくても刀はない、首をくくるにも縄もない、……山人《やまびと》はわれらに生恥をかかせるために助けたのだろうか」

安居七郎景信は大地を見詰めながら、人穴の外で山人たちに襲われ、二人の郎党は殺され、景信は礫《つぶて》を頭に受けて失神したときのことを話し出した。

忠常は黙って聞いていた。景信が言った山人という言葉が印象的だった。十年前の建久《けんきゆう》四年（一一九三年）頼朝に従って富士の裾野《すその》の巻狩に来たとき、手負いの猪《いのしし》を屠《ほふ》って、あっぱれ鎌倉武士よと言われたほどの自分が、なぜ、山人に敗北したかを考えつづけていた。

ふたりが、頼家の命令で迎えに来た三浦義村主従十騎に会ったのはそろそろ暗くなりかけたころであった。

ふたりは三浦義村になにを聞かれても、

「いっさいはお館《やかた》様の前で申し上げる」

といったまま黙りこんでいた。この日忠常が頼家の前で報告した内容について、「吾妻鏡《あづまかがみ》」には次のように書かれている。

「洞窟は狭くて、思うようには進むことができませんでした。それに、その暗いことといったら、心神が痛むばかりでございました。主従はそれぞれ松明をともして進んでいきました。穴の底には水が流れておりました。幾十万とも知れぬ蝙蝠が顔の前をよこ切って飛んでいました。穴の先に進みますと、そこには大河があって、浪《なみ》が逆まいて流れておりました。渡ろうと思っていると、川向うに火光が見え、なにか奇怪なものが見えたと思う間に、郎党四人は忽《たちま》ちのうちに倒れ死んでしまいました。この忠常は恩賜の御剣を大河の中に投入して、祈念し、ようやく一命を全うすることができたのでございます」

忠常は嘘をついている自分をひどく軽蔑《けいべつ》していた。舌を噛《か》んで死んでしまいたかった。彼はびっしょり汗を掻《か》いた。

「それこそ浅間大菩薩の御在所に違いない。昔からそこは入ることのできないところです。四人の郎党は浅間大菩薩の罰に当てられて死んだに違いありません」

老臣たちが、忠常の言葉を補足するように言った。

忠常はおそるおそる頼家の顔を見た。老臣たちが、そんなふうに言えば、頼家は、必ずよし、それなら更に人数を増して、その浅間大菩薩の在所とやらを確かめてやろうというに違いなかった。忠常はそれをおそれた。そうすれば山人との衝突がきっと起り、結局は忠常が山人に打ち負かされたことが明るみに出るからであった。

しかし頼家はなんとも言わなかった。彼は忠常の顔をじっと見てなにか考えごとをしていた。

頼家は建久四年、十二歳のとき父頼朝と富士の巻狩に来たとき、自ら鹿を射とめたことがあった。このことが、鎌倉にいる母の政子に伝えられると、政子は、

〈武将の跡取りが巻狩で鹿を獲《と》るぐらいのことはあたりまえのことだ〉

と使者の梶原景高《かじわらかげたか》に言ったという話を伝え聞くと、よしそれなら、今度は猪を単独で射とめてやろうと、家来のいうことも聞かずに遠走りした。

頼家は手負いの猪を懸命に追った。追いつけそうでなかなか追いつけなかった。猪は上へ上へと走った。草原を越え、森の中へ逃げこもうとする猪に矢を射かけようとすると、猪は近くの草叢から射かけられた矢を受けて倒れた。

けものの皮を身にまとった人間が数人現われて、その猪を草叢に引摺《ひきず》りこんだ。頼家が駆けつけたときには、そこには人も猪もいなかったのである。周囲を見廻すと、家来の姿は見えなかった。頼家は馬をかえした。不安を覚えたのであった。

このことを頼家は誰にも言わなかった。父頼朝に言えば、頼家を盲愛している頼朝は警護の家来の落度をとがめて極刑にすることが分っていたからであった。頼

家の思い出はそこでぷつんと切れた。

頼家は夢から醒《さ》めたような顔をして忠常を見た。

「忠常、往復に一日を要するとは人穴はずい分と奥深いのだな」

忠常は、その問いに、はっといっただけで、すぐ適切な答えがでなかった。頼家はその忠常の戸惑った顔の中に嘘を発見した。だが頼家はそれ以上は追求せず、忠常に充分な休養を取るようにといいたわってやった。

三

頼家は鎌倉に帰った翌日、使者を通じて母政子の叱責《しっせき》を受けた。征夷大将軍ともあろうものが、天下の安泰を祈念すべき神の在所に兵を向けるとはなにごとぞというはげしいことばであった。

頼家が発病したのはそれからひとつきほどたってからだった。発熱と同時に、身体中が利かなくなり、言語がもつれた。熱はまもなく引いたが、身体の方は治らなかった。頼家は床についたままだった。加持祈禱《かじきとう》がなされたが効力がなかった。浅間大菩薩の在所を窺った罰であろうと人々は囁《ささや》きあった。

京都から医者が来たが、匙《さじ》を投げて帰った。頼家の側近に仕えている堀親家《ほりちかいえ》が仁田四郎忠常を訪れたのは八月の半ばごろであった。

「あれほど丈夫だったお館様が突然、口もきけないようになられるとは、どうも腑《ふ》に落ちないことです。それに、お館様が病気になられるのを待っていたように、浅間大菩薩の神罰だという言葉が、諸方から起るのも解せないことである。忠常殿はこの事態をどのように考えられるかな」

「どのようにとはどういう意味か分らぬが……いったい貴方は、拙者になにを言いたくて来られたのだ」

「病床中のお館様は、熱に浮かされてわけの分らぬことを申されることがある。そのうわごとの中にごくまれに、忠常とか人穴とか浅間大菩薩とか山人とかいうことばが出て来る。それだけがはっきり分るのも妙である。浅間大菩薩の祟りだという説が出るのは、このようなことにも原因がある。拙者はその人穴というところに出掛けていって、浅間大菩薩に謝罪の祈願をこめて来ようと思っている。それで忠常殿の意見を聞きに来たのである」

忠常はしばらく考えていたが、毅然《きぜん》とした態度で言った。

「お館様が浅間大菩薩のお怒りに触れて、病気になられたとしたら、一半の責任は拙者にもある。拙者が富士山麓《さんろく》に参って、浅間大菩薩に謝罪の祈りをささげるのが一番有効であろう」

忠常は安居七郎景信と共に供物を馬につけて鎌倉を発《た》った。

富士山麓へ来ると忠常はこの前来たとき案内した猟師を探し出して、浅間大菩薩のお使い人に会いたい旨を伝えた。猟師には前もって、褒美《ほうび》をやり、浅間大菩薩に奉納すべき供物も見せてやった。

それから二日後、忠常主従は、人穴からはるか離れたところで、山人たちと会った。相手は数人だったが、まわりの草叢には多くの山人が小弓に矢をつがえてひそんでいる気配が濃厚だった。

「近づきのしるしを持ってやって来たのは、この前だまって人穴に入りこんだお詫《わ》びと、あのとき飲ませて貰った薬水を少々いただきたいためである。実は、われらの主人が大病にかかって困っているのだ」

山人の首長はその取引に応じて、壺に一ぱいの薬水と忠常の持って来た太刀、絹、布、紙、米、酒などと交換した。

「われらの部族は富士山麓だけでなく全国にわたって数え切れないほどいる。なにか用があるときにはわれらの力をたのみに来られるがよい」

山人の首長は忠常にそういった。

「その折はまた来よう。参考までにあなた方の最も欲しいものはなんであるか、聞かして欲しい」

「欲しいものはないが富士山麓で大掛りな巻狩をして貰いたくない、それがわれらのもっとも願っていることである。山麓の動物は吾々の生命の糧《かて》である」

会見はそれで終った。

忠常が富士山麓から持ち帰った薬水は効力があった。頼家は日に日に快方に向った。十日もすると、口がきけるようになった。

「忠常は人穴で山人に会ったと言ってはいなかったか」

頼家が堀親家に聞いた。さて、そのようなことは聞きもらしました、と答えながら、堀親家は山人ということが急に気になった。彼はその翌日大江広元に会った。

「なに山人……いつぞや頼家様も、山人について聞かれたことがある。忠常も同じことを尋ねた。山人とは山の中にこもり、里人とはほとんど交際せず、けものを獲り、木の実を食べて生きている未開の部族のことである。鞏固《きようこ》なつながりを持っており、全国に今尚数十万はいるだろう。古来合戦があるたびに、この山人を味方につけようと苦心したものである。その山人をどこぞに見かけたのか」

大江広元は堀親家の顔を睨《にら》んだ。

「いえ、少々気になることがございましたので」

堀親家はごまかした。

「聞くところによると、頼家様は富士の霊薬によってこのごろ快方に向われているということだが、まことにけっこうなことである。病は快方期の養生が大事だ。頼家様のお身のまわりからは寸刻も眼をはなさぬように」

大江広元が最後にいったひとことが堀親家には示唆に富んだ言葉に聞えた。堀親家は、このことを仁田四郎忠常に話した。

「お館様の身のまわりになにか危険がせまっているというのか」

忠常は顔色を変えた。

「はっきりしたことは分らぬが、お館様が病気になられてふたつきとは経たないうちに世継ぎの話が老臣たちの間に出ているそうだ。跡目相続は、お館様嫡男の当年五歳になられたばかりの一幡《いちまん》様で、後見人はお館様の岳父比企能員《ひきよしかず》様だというもっぱらの噂《うわさ》だ。比企殿が天下の実権を握らんがために、側近の立場を利用して、お館様に毒を盛ったとまことしやかにいいふらすものもある。大江広元殿が、お館様の身のまわりから眼をはなすなと言われたのは、そのへんの噂を耳にしての上のことであろう」

堀親家はそう言うと深い溜息《ためいき》をついた。

それから数日後、政子のところから、使いの者が仁田四郎忠常のところへ来た。

（比企能員に謀反《むほん》の心があるから討ち取らねばならない。栄西を呼んで仏像の供養をするからといって、能員を名越《なごえ》の北条屋敷へ誘い出すからその場で討ち取って貰いたい）

忠常は命令を受諾した。君側の奸《かん》を除くのになんの考慮することがあろうと思った。

比企能員とその従者はほとんど抵抗らしいものも見せずに仁田四郎忠常の手のものに殺された。忠常は、部下をまとめて、彼の屋敷へ引き上げていった。その途中で忠常は馬でかけつけて来る彼の郎党に会った。ただいま北条時政の軍勢が、比企の邸を攻めているという報告であった。更に馬を進めると、山を背にした小御所（一幡の邸）のあたりに煙があがっているのが見えた。

北条時政は比企の一族が小御所に逃げこんだという口実を設けて小御所を襲撃して、一幡を殺してしまったのである。

忠常はそのときになってはじめて、北条時政と政子の道具として使われた自分を知った。北条時政と政子は一幡を次の将軍にしようとする比企一族を殺したばかりではなく、一幡まで殺して、頼家の弟千幡(実朝《さねとも》)を将軍に立てようとしたのである。

忠常は頼家の心を思うと泣けた。まだ幼い一幡を殺した北条時政と孫の一幡を見殺しにした、政子のやり方に頼家が身をふるわせて怒っている様子が見えるようだった。しかし、天下の情勢は頼家が病気になってから、急激に変っていた。頼朝いまや頼家は名のみの将軍であって、実権は北条時政と政子の手にあった。頼朝に忠誠を誓っていた、三善康信、三浦義村、八田知家、安達盛長等の旧臣も積極的に頼家につこうとするものはいなかった。頼家の側近として仕えていた、小笠原長経、中野能成、等は口ばっかりで実力はなかった。一幡を中心とする比企一族が亡び去ったあと、頼家支持を表明する武将はいなかった。

仁田四郎忠常は、富士の人穴探険以来急斜面をころがり落ちるような運命に見舞われていく頼家をなんとかして救いたかった。そのようになった責任の一端が自分にあるように思われてならなかった。

「あのとき人穴から帰って来て、真実を語ればよかったのだ。人穴と人穴付近の二十あまりの洞窟に山人が住んでいることを頼家に報告すればよかったのだ。山人と戦って負けたことを正直に伝えて立派に腹を切って死ねばよかったのだ」

忠常はひとりごとを言った。いまさら悔いても、どうにもならぬことだった。忠常の報告によって、人穴には浅間大菩薩がいたことになり、頼家は神の在所を犯そうとした責任を負わされたのである。頼家をおとし入れようとしていた者共は、神罰という汚名を頼家に着せてから、毒を飲ませたのだ。世間的な効果を狙ったのであろう。

忠常は幾日も眠れなかった。何度か頼家のところへ行って、人穴探険の真相を語ろうとしたが、それもできなかった。

夜ひそかに堀親家が忠常の邸を訪れたのは九月に入って間もなくであった。堀親家は手短かに頼家の近況を語って、頼家の書状を忠常に渡した。頼家にとって、このごろの北条一族のやり方は気がかりでしようがなかった。このまま日を過すと、一幡と同じ運命になることは分り切っていた。

「凶賊北条時政、義時父子を討ち取りさえしたら、他の武将は頼家に従うだろう。このままでいたら源家は必ず北条氏に亡ぼされる。いまこそ北条を討つべきときである」

頼家の信書には激烈な字句が連ねられていた。

「北条氏追討の戦を起すのは明後日の未明といたします。拙者はこれから和田義盛殿のところへ参る。たのむは、貴殿と和田義盛殿のふたりだけ――」

堀親家はそういうと闇の中へ消えていった。しかし、その堀親家は和田義盛にその場で捕えられ、頼家の信書とともに北条時政に送られた。和田義盛は頼家を捨てたのであった。堀親家はその日のうちに斬られた。

翌日仁田四郎忠常の邸は北条時政、義時の軍勢に取りかこまれた。勝算はなかった。

「ここは拙者が身がわりとなります故に、お逃げなされ、頼家様に心を寄せる者は他にもおります。その者たちを引きつれて機を見て北条を討ち亡ぼして下さい」

安居七郎景信は忠常の太刀と自分のものとを交換すると、奥の間に入って、火を掛け、炎の中で自刃した。

四

建仁三年九月七日、頼家は政子の命によって剃髪《ていはつ》し、その月の末には伊豆の修《しゆ》禅寺《ぜんじ》に幽閉された。実朝が征夷大将軍になった。

頼家は一室に閉じこめられたまま庭に出ることも許されなかった。部屋の周囲は見張りの武士によって厳重に固められていた。話し相手さえなかった。頼家は来るべきものを予測していた。再び毒を盛られるか、刺客に斬られるかどちらかであった。頼家は食物に神経をたかぶらせた。眼の前で充分に毒味をさせてからでないと箸《はし》をつけなかった。太刀は寸刻もはなさなかった。一日中部屋の中に閉じこめられた生活はつらかった。天日が恋しかったが、庭に出ることはできなかった。外を見ることができるのは便所に行くときだけだった。便所へ通ずる廊下で彼はしばらく緑の山々へ眼をやった。それだけが唯一の楽しみであった。彼は日に何回となく便所に通った。警護の武士たちも、便所へ行く回数までは制限できなかった。幽閉されているとしても、頼家は源家の嫡流であった。

寒い冬を越して春が来た。便所へ通ずる廊下に立つと、新緑の山が見えた。

楠《くすのき》の新芽がうす赤く萌《も》えていた。

便所の中は密閉されていた。高いところに小さな明り取りが一つあるだけであった。

すっかり暖かくなったある日、頼家はその便所の中に置いてある一片の紙片を見つけた。

「忠常が山人たちを率いて、近いうち、お迎えに参上つかまつります。お心を強くしてお待ち下さるように。それについて、お願いがございます。山人たちに富士山麓で巻狩をしないことを約束した覚え書をおさげわたし下さるように」

読んだあとはすぐ便所の中へ捨てるようにつけ加えてあった。

その日から頼家の顔に生気が見えるようになった。それまで警護の武士たちを気違いじみた言葉で怒鳴りつけていた頼家が、時折は笑顔を見せるようになった。

通信文は十日に一度ほどあった。彼が便所に入ると同時に、下から、紙片を持った手がぬっと延びて来ることがあった。そんなとき、頼家はその手に彼が書いた手紙をすばやく渡した。便所の底にひそんでいる人間がどんな風体をしている男か見えなかった。昼の間中そこに潜んでいて夜が来ると、外へ出ていくようであった。

「山人を率いて忠常が迎えに来る」

頼家は口の中でそっと呟《つぶや》いてはひとりで悦に入っていた。髪を長く延ばし、けものの皮を腰につけた山人が、短い弓と矢を持って、喊声《かんせい》を上げて、修禅寺におしかけて来る様子が見えた。その先頭に立っている忠常の叫び声まで聞えるようであった。

頼家の日常生活は警護の者によって日記に書かれて、五日ごとに北条時政と政子に報じられることになっていた。

「頼家様はこのごろことの他《ほか》顔色もよく、ときには笑顔など見せることがあります」

七月の初めに書かれたこの日記に北条時政は眼をつけた。幽閉されたまま庭に出ることも許されない頼家が、顔色がよくなったり、笑顔を見せることはおかしいと思った。時政はこのことを政子に告げた。政子もやはり、その日記について疑問を持っていた。政子は三浦義村を伊豆へやって、頼家の近況を調べさせた。

三浦義村が政子の使いとして来たのはこれで三度目であった。

「義村、まさかお前は余を殺せという命令を母から受けて来たのではあるまいな」

義村と対座すると頼家はまずそう言った。この前来たときは、義村を見て涙を流し、幽閉の身のせつなさを嘆き、母の政子にせめて庭に出ることを許してくれるように伝えてくれと言った頼家が、再び征夷大将軍になったかのような態度に出たのは解せなかった。

「ただ、お見舞してまいれと申されて、参りました」

義村はそういいながら、ずっと血色がよくなった頼家の顔を見た。顔の色もよくなり、気も強くなった背後になにかあるなと思った。義村は警護に当る者をひとりずつ呼んで、頼家がなぜこのように変ったかを訊ねた。頼家の日常生活もくわしく聞いた。警護の武士のひとりが近ごろ頼家が便所に行く回数が多くなったと言った。

「以前は一日に何回ほど行った」

「さよう五回ほどでございましたが、このごろは更に三回ほどは増えたように思われます」

義村は頼家の変った原因が便所にあると見て、ひそかに便所の中を調べさせた。便所の床下に人が潜んでいた足跡があった。その夜から便所の周囲に人がかくされた。そして、雨の降る夜、そこへ忍びこもうとした男が捕えられた。そのへんで見かけた顔ではなかった。眼は幾分青みを帯びて鋭く輝いていた。何を聞いても答えなかった。捕えられたとき、持っていた紙片は飲みこんでいた。服装は農民と同じだったが、はだしだった。ふだんからずっと跣《はだし》で通しているらしく、足の皮はけもののように厚かった。男は馬に乗せられてその日のうちに鎌倉に送られた。

男を一目見た大江広元は、

「山人に間違いない。山人と言えば、かつて頼家様、忠常、堀親家の三人から山人について訊ねられたことがある」

広元はしばらく考えていたが、

「仁田四郎忠常は確かに死んだかどうか調べられたかな」

と傍にいる北条義時に聞いた。猛火の中で自刃したので忠常の顔はたしかめ得なかったと義時が答えると、広元は膝《ひざ》を打っていった。

「おそらく自刃した者は忠常の身替りの者であろう。忠常は富士の人穴へ行ったときから山人とつきあいができていたのに違いない。死んだと見せかけて忠常は山人のところへ走り、山人を使って頼家様と連絡を取り救出を計っているに相違ない。関東の山人五万が結集して頼家様の側に立てばおそろしいことになる。それにいまの時勢に不満を抱く者もかなりいる。これは至急手を打たねば、折角おさまっている天下にまた騒動が起る」

大江広元はその時々の権力者に追従する姿勢をいささかも変えなかった。広元は北条義時になにやら耳打ちをした。

二日後、北条義時は千騎を率いて富士山麓に向った。案内者は、修禅寺で捕えられた山人であった。黄金づくりの太刀のほか数多くの品物が山人の首長に贈られた。

義時と山人の首長との会見は人穴の近くの草原で行われた。

義時は会見の結論をまとめた。

一、今後富士の巻狩は行わない。

一、富士山麓一帯の草原森林は浅間大菩薩を守る山人のものであることを認める。

この二つの条件を認めるから新しい征夷大将軍実朝公に味方するようにと説いた。

「よろしい。その条件を破らないという、しるしを示すなら新しい征夷大将軍にお味方をしよう」

　山人の首長は北条義時の腰に佩《は》いている太刀に眼をおとしていった。周囲の草原や森が騒然とした。義時は何千ともしれぬ山人たちの眼を意識した。

「しるし？」

「そうです、しるしです。あなたの心のしるしです」

　義時は首長がなにを求めているかを知った。仁田四郎忠常が人穴を探険したとき彼の腰に佩いていた太刀を大河に投げて帰ったという話を思い出した。義時は腰の太刀を取って山人の首長の前に置くと、家来たちにも、太刀を、山人の首長にさし出すように命じた。動揺が起ったが、義時は厳命した。千ふりの太刀が山人の首長の前に積み上げられた。

「われらは新しい将軍に味方しよう」

　山人の首長は声を高くしていった。

　北条義時と山人の首長との取引はそれで終った。

　義時は人穴の会談がすんだあと、部下のうち数名を選んで伊豆の修禅寺に送った。禍根を断つためだった。

頼家はそのころ落ちつかなかった。

(このつぎの書状にはきっとお迎えに上る日をお知らせいたします)

と忠常が言って来てから既に十日は経った。頼家は気が気ではなかった。気になり出すと、便所に通う回数が多くなった。その日はひどくむし暑い日であった。家の中にいても汗が出た。頼家は額の汗を拭きながら便所に入った。人の気配がした。床下に人がひそんでいるような気がした。頼家の胸が鳴った。忠常の使いの山人が来たのだなと思った。しゃがみこんで、下を覗《のぞ》こうとした。光るものが暗いところから延びて来て、頼家の肩のあたりを突いた。

頼家は危うく便所の外へ逃れたが、そこには数人の刺客が待っていた。

「忠常、忠常はまだか」

それが頼家の最期のことばであった。

頼家が殺されたあと小規模の反乱があったと書いたものがあるが、或いはその首謀者が忠常だったかもしれない。

七月十九日、己卯《つちのとう》。酉《とり》ノ刻《こく》、伊豆ノ国ノ飛脚参着ス。昨日左金吾《さきんご》禅閤《ぜんこう》二十三、当国修禅寺ニオイテ薨《こう》ジ給フノ由コレヲ申ス。(吾妻鏡)

解説

菊池《きくち》　仁《めぐみ》
（文芸評論家）

鎌倉幕府草創期は戦国時代の面白さと比肩《ひけん》しうる、否、それ以上の面白さに満ちている。面白さの源は権力闘争のすさまじさと、それを遂行したエネルギーにある。なにしろ、源頼朝《みなもとのよりとも》の権力掌握を象徴する鎌倉の地は、日常茶飯事の如く繰り出される権謀術数で血塗られた町と化した。いまだに怨霊が出るという噂もあるほどだ。それはそうだ。幽霊の一つや二つ出てもおかしくないほど、草創期に起こった事件一つ一つに人間の苦悶の表情、家族の絆のもろさ、一族の衰退といった迫真のドラマを覗き見ることができるからである。

具体的に言えば、義経《よしつね》、範頼《のりより》といった頼朝の兄弟をはじめ、二代将軍頼家《よりいえ》、三代実朝《さねとも》、頼家の息子の公暁《くぎょう》も殺され、頼朝の側近であった畠山重忠《はたけやましげただ》、和田義盛《わだよしもり》、比企能員《ひきよしかず》の一族も族滅されるなど、枚挙に遑《いとま》がないほどだ。源平合戦で平氏を殲滅《せんめつ》し、朝廷と距離を置くために、鎌倉を拠点とし、折角、樹立した武士政権なのに、その後に起こったすさまじい権力抗争とは何であったのか。実に興味深い。

本書の狙いは、この問いに収録した六つの短編で答えるところにある。もう一つ狙いがある。それは、二〇二二年のNHK大河ドラマが「鎌倉殿の13人」に決定し、鎌倉幕府草創期が舞台となるからだ。要するに、「鎌倉殿の13人」をより面白く、楽しく鑑賞するための格好の副読本として活用してもらいたい。勿論、それだけではない。歴史上の事件や人物には、様々な解釈や光の当て方がある。

例えば、速報によると大河ドラマのテーマは次のように記されている。

〈華やかな源平合戦、その後の鎌倉幕府誕生を背景に権力の座を巡る男たち女たちの駆け引き――源頼朝にすべてを学び、武士の世を盤石にした男 二代執権・北条義時。野心とは無縁だった若者は、いかにして武士の頂点に上り詰めたのか。新都鎌倉を舞台に繰り広げられる、パワーゲーム。義時は、どんなカードを切っていくのか――〉

北条義時《ほうじょうよしとき》を主役にドラマを回していく手法がとられるようだが、この義時、実に捉えにくい人物で、多様な解釈が成り立つ。収録作品を読むとそのあたりがよくわかる。

脚本を担当する三谷幸喜《みたにこうき》は、モチーフを次のように語っている。

〈「『鎌倉殿』とは、鎌倉幕府の将軍のことです。頼朝が死んだあと、2代目の将軍・頼家という若者がおりまして、この頼家が2代目ということもあって、『おやじを超えるぞ！』と力が入りすぎて暴走してしまう。それを止めるために、13人の家臣たちが集まって、これからは合議制で全てを進めよう、と取り決めます。これが、日本の歴史上、初めて合議制で政治が動いたという瞬間で、まさに僕好みの設定です。」〉

光の当て方が三谷らしい独創性に溢れたもので、初めて書いた時代小説『清須会議』で見せた手法を踏襲したものと推測できる。ドラマのモチーフとなった十三人の合議制について書かれた小説は少ない。そこで本書では、平安時代末期から鎌倉幕府草創期を得意としている篠綾子に新たに書き下ろしを依頼。それが「鎌倉の鵺《ぬえ》」である。十三人の合議制を理解する助けとなると同時に、本書にも厚みが出たと自負している。

それでは収録作品の解説に入ろう。

非命に斃る

高橋直樹の代表作『鎌倉擾乱』からの一編である。本書には、頼家を描いた「非命に斃る」、鎌倉幕府末期、霜月騒動の平頼綱《たいらのよりつな》を主人公に据えた「異形の寵児」、北条一族の滅亡に至る過程を見据えた「北条高時の最期」の三篇が収められており、「異形の寵児」は直木賞候補にもなった評判作である。優れた鎌倉もので、永井路子『炎環』に比肩しうる傑作短編集といえる。

題名の「非命に斃る」が物語の行方を暗示している。『広辞苑』で「非命」を調べてみると、「天命でないこと。特に、意外な災難で死ぬこと。横死」と記されている。冒頭の書き出しを注意しながら読んで欲しい。たった六行の文章が、この事件の性格を正確に表現しており、読み終えると説得力を持った力のある文章であることがわかる。

頼家の死は謎に包まれている。幕府の実権を得ようと、弟の実朝擁立を策謀した北条氏の手で暗殺されたというのが定説となっている。早過ぎた将軍就任は、父と同じ権力掌握を急ぐ頼家と、周囲との摩擦を呼ぶ。輪をかけたのが乳母や妻の縁で比企氏に取り込まれていったことである。面白くないのは北条一族であり、政子《まさこ》もその一員である。この場合、書き手として難しい判断を迫られるのは、実母である北条政子の動きである。つまり、政子と頼家の母子関係をどう描くか。これがそのまま本編の読みどころとなっている。

作者が物語作者としての腕を見せるのは、脇役・藤蔵の造形である。ラストで藤蔵が頼家の遺髪を胸に鎌倉を去る場面が出てくる。冒頭の文章の見事な受けとなっている。じっくり味わって欲しい。

この頼家を描いた作品にもっと触れてみたいという方には、岡本綺堂『修禅寺物語』をお勧めする。元本は戯曲だが、本人が小説化し、読み易くなった『修禅寺物語　新装増補版』（光文社時代小説文庫）をお勧めする。

壇の浦残花抄

作者は、一九六四年に「張少子の話」で第五二回直木賞を受賞し、文壇デビューを飾った。それ以来、歴史にその名を垣間見せるが、詳しい事績は不明という女性たちに息吹を与え、蘇らせる手法を駆使して、多くの読み応えある作品を発表し続けてきた。本編を表題作とした『壇の浦残花抄』も、男性中心の歴史とは違う女性の視点から見た動乱期の様相を描いている。作者は単行本のあとがきに次のような文章を記している。

〈各短編の主人公の大半は、それぞれその時代の中心に生きた女性なので、主人公を通して時代の息吹を感じ取り、併せて歴史の推移をも読み取っていただくことができるはずである〉

〈長い間、歴史の中の女性は表舞台にたつことなく、英雄豪傑の陰の人に終始した。いま多少なりとも、そうした女性たちの生涯に光を当てることができれば、私としてもまことに喜ばしい〉

この作者のモチーフをストレートに反映したのが本編である。『平家物語』の中でも有数の名場面として人口に膾炙《かいしゃ》しているのが、屋島《やしま》の合戦で見せた那須与《なすのよ》一《いち》の弓技である。その折、扇をかざして小舟に乗っていたのが建礼門院《けんれいもんいん》に仕えた玉虫《たまむし》の前《まえ》で、本編の語り手である。その玉虫の前が見た義経が語られている。一瞬の所作に見せた表情を捉え、全く新しい切り口の義経像を浮かび上がらせている。

小品ながら小説の面白さと可能性を見せてくれた極上の作品である。

摂家将軍

作者は、一九八五年に『今様ごよみ』で第一〇回歴史文学賞を受賞。受賞後、『富子繚乱』『時宗《ときむね》立つ』『海は哀し』『炎いくたび』等の歴史小説を得意として健筆を振るった。

『今様ごよみ』は、後白河《ごしらかわ》法皇との間に内親王を儲けた丹後局《たんごのつぼね》栄子《えいし》を主人公に、法王や頼朝との交情を端正な文章で描いたものである。特に、初代鎌倉殿になった頼朝が上洛した際の様子を、栄子の目を通して描いており、独創性と新鮮さに溢れた力作と言えた。

「摂家将軍」は、「時代小説大全　別冊歴史読本」一九九八年秋号に掲載された作品で、実朝暗殺後、四代将軍を継いだ藤原頼経《ふじわらのよりつね》にスポットを当てた貴重な短編である。

実朝を失った政子は、次の将軍職に後鳥羽《ごとば》上皇の皇子にあたる冷泉宮《れいぜいのみや》を就けようと画策した。ところが上皇は、将来、天皇と将軍が兄と弟になれば、国家的統一が破れるもとになる。将軍はあくまでも臣下でなければならない、という判断で断っている。この事実は後鳥羽院政が目指す王朝国家と、鎌倉幕府との対決が避けられなくなりつつあることを示している。こうした経緯で選ばれたのが左大臣九条道家《くじょうみちいえ》の子息でわずか二歳の頼経であった。摂関家《せっかんけ》の九条家から選ばれたので摂家将軍と呼ばれたのである。つまり、鎌倉幕府からすれば都合のいい道具でしかなかった。

物語は、二十数年間を過ごした鎌倉を出立する前夜の別離の宴で幕を開ける。五代を継ぐのは八歳の息子の頼嗣《よりつぐ》である。作者は、頼経の生涯を過去と現在を交差させ、淡々とした筆致で綴っていく。これが効を奏し、頼経が道具ではなく、動乱の歴史を生きた貴重な存在であったことを証明している。三浦光村《みうらみつむら》との交情は頼経が抱えた闇の深さが伝わってくるエピソードとなっている。

時政失脚

作者は、後醍醐《ごだいご》天皇の半生を書いた「南朝記」でデビュー。以後、歴史上の人物が生きた時代のうねりと生きざまをテーマとして歴史小説を書き続けた。『足利尊氏』『明智光秀』『元就軍記』などがあるが、代表作は、全四巻の大作で大河小説の趣を持った『尼将軍　北条政子』である。第一巻『頼朝篇』、第二巻『頼家篇』、第三巻『実朝篇』、第四巻『承久大乱篇』といった構成で、政子を中心とした北条一族と鎌倉草創期を生きた有力者が活写されている。本書では『頼家篇』の締めとして書かれた「時政失脚」の章を収録した。一二〇三年以来、将軍を補佐し幕政を支配する執権の地位にあった北条時政《ときまさ》が、実子の政子と義時姉弟によって伊豆へ追放され、執権には義時が就任した。失脚の背景には時政が、現将軍実朝に代えて後妻牧《まき》の方《かた》の女婿平賀朝雅《ひらがともまさ》を将軍職に就けようと企てていた事実が露見したからである。かねて政子の妹で実朝の乳母である阿波局《あわのつぼね》から、牧の方の様子がおかしいことを知らされていた政子は、いち早く実朝を義時邸に移させた。このため時政も打つ手が無く、失脚へと追いやられる。

本編の読みどころは、これらの一連の動きをどう描いたかにある。辣腕を振るい続けてきた時政の後半生を知る上では格好の読物と言える。

鎌倉の鵺《ぬえ》

作者は、初めて手掛けた文庫書下ろしシリーズ「更紗屋おりん雛形帖」で、第六回歴史時代作家クラブ賞シリーズ賞を受賞し、それが弾みとなって以降、「江戸菓子舗照月堂」「万葉集歌解き譚」「絵草紙屋万葉堂」「小烏神社奇譚」等の人気シリーズを連発し、一躍、シリーズものの有力な書き手となった。その一方で新生第一回日本歴史時代作家協会賞作品賞を受賞した『青山に在り』や、『酔芙蓉』『天穹の船』などの力作を発表している旬の作家である。

ここ数年の活躍を先に紹介したが、作家歴は長く、二〇〇〇年に第四回健友館文学賞を受賞した『春の夜の夢のごとく 新平家公達草紙』がデビュー作である。平安から鎌倉時代に造詣が深く、特に鎌倉時代草創期の女性や坂東武士の生き様に深い関心を寄せていることが作品から窺える。

中でも二〇〇五年に刊行された『義経と郷姫』は、奥州平泉《おうしゅうひらいずみ》で正妻として義経と最期を共にしたにも拘らず、歴史に埋もれていた河越重頼《かわごえしげより》の娘・郷姫を、乱世を生きたヒロインとして甦らせた。着眼の清新さとヒロインに込めた作者の思いが伝わってくる佳作であった。「悲恋柚香菊 河越御前物語」の副題が添えられているが、この柚香菊の芳香を郷姫や義経をはじめ非業の死を遂げた人々の生き様の象徴としている。これ以降この手法が作者の重要な小説作法の中核となっていく。もう一点注目しておきたいことがある。郷姫は頼朝の乳母として著名な比企尼の孫娘であるという事実だ。これが作者と比企一族の縁の始まりである。
この縁は九年後に『武蔵野燃ゆ』で復活する。副題の「比企・畠山・河越氏の興亡」が示すように鎌倉幕府草創期に散華していった武蔵《むさし》武士と女たちの物語である。特に第八章「比企ケ谷炎上」が印象的で心に残った。前文でも書いたように、アンソロジーをより面白いものにするためには、比企一族の物語が欠かせないと思った。頼家と鎌倉殿の十三人を補強する意味も含めて、作者に書下ろしのお願いをした。作者の熱のこもった珠玉の作品が出来上がってきた。

書き出しが凄い。たった一行の文章が頼家と比企一族の命運を透視するようなリアル感に溢れている。読みどころは比企能員の心理を肌理《きめ》細かい筆致で描いている点である。義時とのやり取りは緊迫感に満ちたもので特筆すべきものとなっている。

「鎌倉の鵺」とはいったい誰なのか。因みに鵺とは正体不明な人物やあいまいな態度に言う表現である。

仁田四郎忠常異聞

作者は、一九五五年に『強力伝』で直木賞を受賞して以降、山岳小説の有力な書き手として、『孤高の人』『栄光の岸壁』『銀嶺の人』『八甲田山死の彷徨』などの傑作を発表。その一方で時代小説にも手を染め、合理主義者の武将として信玄《しんげん》を描き、史実の再現に力を注いだ『武田信玄』(四巻)を始め、『武田勝頼』(三巻)、『新田義貞』(二巻)といった大作を書いている。短編でも優れた筆力を示した。『算士秘伝』『梅雨将軍信長』『六合目の仇討』『最後の叛乱』など、作者ならではの切り口の佳品がある。

本編も、作者の特質を生かした工夫が凝らされており、ラストを飾るにふさわしい締まった作品となっている。

仁田忠常《にったただつね》は、伊豆新田郡の住人で、一一八〇年の頼朝挙兵に加わっており、頼朝の信任が厚かった。平氏追訴に当たっては源範頼の軍に従って各地を転戦し武功を挙げた。一一九三年の曾我《そが》兄弟の仇討の際に、兄の曾我祐成《すけなり》を討ち取り勇名を馳せた。頼朝の死後は頼家に仕えた。

本編は、この後に忠常を襲った運命を独自の解釈と視点から克明に描いている。特に、山人《やまびと》の登場や義時の絡みが興味深い内容となっている。

収録作品一覧

「非命に斃る」（『鎌倉擾乱』文春文庫）
「壇の浦残花抄」（『壇の浦残花抄』集英社文庫）
「摂家将軍」（『時代小説大全』新人物往来社）
「時政失脚」（『尼将軍　北条政子2　頼家篇』角川文庫）
「鎌倉の鵺《ぬえ》」（本書書下ろし）
「仁田四郎忠常異聞」（『六合目の仇討』新潮文庫）

※図表参考資料
『図説鎌倉幕府』（戎光祥出版）
『読んで分かる中世鎌倉年表』（かまくら春秋社）
『国史大辞典』（吉川弘文館）
『日本史必携』（吉川弘文館）

光文社文庫

珠玉の歴史小説選
鎌《かま》倉《くら》殿《どの》争《そう》乱《らん》
編　者　菊《きく》池《ち》　仁《めぐみ》

2021年10月20日　初版1刷発行

発行者　鈴　木　広　和
印　刷　萩　原　印　刷
製　本　ナショナル製本

発行所　株式会社　光　文　社
〒112-8011　東京都文京区音羽1-16-6
電話　(03)5395-8149　編　集　部
　　　　　　　8116　書籍販売部
　　　　　　　8125　業　務　部

落丁本・乱丁本は業務部にご連絡くだされば、お取替えいたします。
ISBN978-4-334-79262-6　Printed in Japan

組版　萩原印刷